화염포식자

불빨

11

이루다 현대판타지 장편소설

dream
books
드림북스

불빨 – 화염포식자 11

초판 1쇄 인쇄 2017년 3월 15일
초판 1쇄 발행 2017년 3월 27일

지은이 이루다
발행인 오영배
기획 박성인
책임편집 이신옥
일러스트 최단비
표지 · 본문 디자인 권지연
제작 조하늬

펴낸곳 (주)삼양출판사 · 드림북스
주소 서울시 강북구 도봉로 173
대표 전화 02-980-2112 **팩스** 02-983-0660
편집부 전화 02-980-2116 **팩스** 02-983-8201
출판등록 1999년 3월 11일 제9-00046호

ⓒ 이루다, 2017

ISBN 979-11-283-9076-0 (04810) / 979-11-313-0589-8 (세트)

화염포식자

불빨

11

이루다 현대판타지 장편소설

MODERN FANTASY STORY & ADVENTURE

dream
books
드림북스

목차

Chapter 1. 밥그릇 노리냐?   007

Chapter 2. 출발하다   035

Chapter 3. 카르텔(Cartel)   063

Chapter 4. 오랜만의 미친 짓   091

Chapter 5. 격살!   117

Chapter 6. 만나다   145

Chapter 7. 탈각(脫殼)   175

Chapter 8. 엥? 니들 뭐하냐?   203

Chapter 9. 징벌하다   229

Chapter 10. 죽다, 살아나?   259

Chapter 11. 잔혹한 싸움   285

Chapter 12. 오우! 제대로 놀아보자!   311

Chapter 13. 어떤 전술을?   337

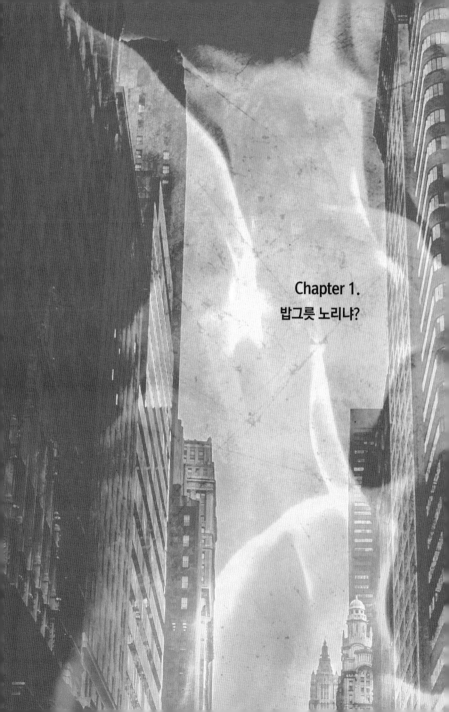

Chapter 1.
밥그릇 노리냐?

허웅은 워낙 다급한 얼굴이었다.

"얼른 저걸로 켜 봐!"

"아, 그게 더 빠르겠네!"

다급한 마음에 그거까진 생각 못 했나.

내 말을 듣자 그가 마우스를 가지고 몇 번 클릭을 한다.

딸칵. 딸칵.

마음이 다급한지, 조금 헤맨다.

"아씨, 어디였지."

"뭔데?"

"이거 봐봐라. 내 참."

그래도 오랜 시간이 걸리지 않아서 들어오는 데 성공한 듯했다.

동영상 하나를 모니터에 띄웠다.

'생중계네?'

생중계라는 게 있다. 요즘은 인터넷에서도 생중계쯤은 쉽게 한다.

그건 알고 있다. 허웅이 틀어 준 동영상은 그거였다.

"흠……."

"어?"

처음엔 뭔가 하고 한참을 봤다. 바로 내용을 이해할 수 있을 리가 없으니까.

그러다가 결국 이해를 했다.

"뭐야. 이거."

처음에는 당황을 했다. 그러다 이내.

"올 게 온 거군요."

"올 게 온 거요? 아…… 씁. 그러네요. 어쩐지 늦다 했습니다."

깨달았다.

언제고 올 놈들이 드디어 온 거 같다고.

*　　*　　*

동영상 내용은 별거 아녔다.

생중계 뒤에는 바로 녹화본이 뜨는 게 인터넷 방송 아닌가.

처음부터 살펴봤다.

그 내용은.

'제니스 출신이었지. 저놈도.'

제니스 출신. 어린 나이부터 길드에 들어서 핵심 멤버까지 올라갔다가 탈퇴하고서는 자기 길드를 만든 자.

정상수.

그가 동영상 한가운데를 떡하니 장식하고 있다.

제니스 출신 길드장. 길드명 천정(天頂)의 길드장으로서.

'이름도 웃기지.'

제니스라는 단어가 한국어로 천정이라는 의미를 가지고 있는 걸 생각해 보라.

겉으로 보기에만 나와서 길드를 만든 거지, 실상은 제니스에 속해 있다고 말하는 거나 다름없다.

천정이라는 이름을 쓰게 허락을 해줬다는 뜻은, 제니스 길드도 나름 저 정상수라는 인간을 아낀다는 뜻이겠지.

어쨌거나, 그런 인물이 동영상에서 보기 좋은 표정을 가지고 인터뷰에 응한다.

몇 번 해 봐서 그런가, 인터뷰 표정도 긴장하기는커녕 여유로워 보였다.

그 여유로움 덕분인가. 화려하게 꾸며진 고급 세트장 안에서도 그는 어색하긴커녕 어울렸다.

대신 그를 인터뷰하는 리포터가 놀란 표정을 짓고 묻고 있을 뿐이었다.

"정말 서부 출신이셨던 건가요? 경기도요? 다들 서울에서부터 나고 자란 줄 알았는걸요?!"

"예, 경기 서부 출신입니다. 지금까지야…… 고향에 대해서는 말을 잘 안 했지만요."

"실례지만 왜 말을 안 하신 거죠? 딱히 숨기실 일도 아니었는데요?"

"예, 맞습니다. 숨길 일도 아니었죠. 하지만……."

정상수가 표정을 바꾼다.

불쌍해 보이는 척. 무언가 말 못 할 사정이 있는 척.

그리고 실제로도 사정이 좋지는 못했다.

"저는 고아였습니다. 그래서…… 고향 같은 건 숨기고 싶었습니다. 어려서 그랬죠. 철이 없어서요. 그래서 좋았습니다. 서울이든 뭐든 다른 곳으로 착각해 주면요."

"아……."

감탄하는 리포터.

그의 이야기는 계속 이어진다.

"하지만 이제는 숨길 것도 없다 싶었습니다. 저도 자리를 잡은 거 같고, 이제까지 와서 경기 서부를 그냥 두기는 뭐하다 싶었달까요."

"아 그럼? 설마 천정 길드가 이제 이전하는 건가요?"

"예. 본건물도 이전하고, 슬슬 그곳의 몬스터를 처치하는 데 힘을 쏟아볼까 합니다."

"천정 길드의 이전요!? 설마 전체가 다 말입니까? 지금도 잘하고 계신데요?"

"예, 전체 이전입니다!"

"와."

"새로운 도전이라……."

그의 말은 꽤 길게 이어졌다.

중요한 건 천정 길드의 서부 이전 발표였다.

그 뒤에 여러 청사진을 제시했다. 그렇게 동영상은 계속해서 이어져 갔다.

이제 와서 지역 발전이 필요한 곳이라느니, 고향으로 돌아가 발전을 시키겠다니 하는 이야기들이 가득 채운다.

*　　　*　　　*

딸칵.

동영상을 다 봤다. 속이 타더라도 끝까지. 그리고 내린 결론.

'개소리.'

처음 보자마자 떠오르던 생각이었다.

이제 와서 고향이 뭐가 중요하나?

그런 걸로 치면 내 고향은 서울이다. 그런데 그게 중요한가? 개소리지.

어차피 한국은 좁다.

몬스터의 영역으로 사람의 영역이 줄어들고 말고를 떠나서, 한국 자체가 좁다.

거기서 고향 따지고 뭐 따지고 할 필요가 뭐 있나? 개소리지.

그런데 이제 와서 고향이고 뭐고 따진다? 개소리다.

저러는 거 다 이유가 있다.

'명분 찾는 거지.'

다 그런 거 아닌가.

그냥 '서부에 들어가서 터 잡겠습니다' 하는 거보다는 '경기 서부가 고향이라 발전시키려 합니다!' 하면 명분도 좋다.

지역 사람들 호의도 받을 수 있을 거다.

'여태까지 뭘 했다고. 쯧.'

지금까지 제니스에 속해 있다가, 천정 길드 만들고도 경기 서부에 코빼기도 안 보인 거?

과거가 안 좋아서 그랬다 하면 된다.

아니면 지금까지는 성공을 하지 못해서, 경기 서부에 힘을 실어 줄 시간도 없었다고 하면 된다.

먹고 살기 바빠서, 길드를 꾸리기 힘들어서. 도와주기 힘들었다 핑계대면 될 뿐이다.

그러다 이제 좀 먹고살 만하니까, 자기 고향인 경기 서부를 도와주러 왔다.

하면 얼마나 멋진 말이 되나?

겉보기에는 참 그럴싸해 보이게 된다.

분명 겉으로 보기엔 그렇다.

겉으로 꾸밀 줄 안다는 건, 저놈이 꽤 하는 놈이란 이야기다.

"저놈 저거, 하수는 아니겠네요. 명분도 사용할 줄 알고."

"그러게요. 경기 서부 출신이라…… 그걸 이용하면 좋긴 하겠죠. 흠."

"나쁠 건 없겠죠. 여기는 어쨌든 몬스터 출현 이후 상황이 좋지 못하니까요."

"그렇죠."

저놈. 도와주려고 하면 그전부터 도와줄 수 있었을 거다.

처음부터 길드 거점을 이곳으로 삼아도 괜찮았을 거다. 아니면 공격대일 때부터 이곳으로 삼아도 문제는 없다.

어디든 간에 헌터라고 하면 환영을 받는 법이니까.

그런데 이제 와서 경기 서부? 얻는 이득도 없이?

차라리 이미 기득권을 가지고 있는 곳을 지키는 게 더 쉬울 텐데? 이제 와서 서부를 돕겠다고?

이득이 있지 않고서야 움직이겠는가?

한 사람은 그럴 수 있어도 길드 단위로는 그러기 힘들다.

무언가 이득이 있다고 봤으니 그러는 거다.

제니스의 지부 길드 중 하나로서 있기보다는, 서부를 차지하고 발전시킨 천정 길드로서의 뭔가를 바란 거겠지.

다 이유가 있는 거다.

아직 그 이유가 뭔지는 모른다. 그래도 알아는 봐야겠지.

앞으로는 그 이유가 중요해질 거다. 확실히.

그리고 그 이전에. 문제는 현실. 바로 지금.

저놈들이 이곳으로 옴으로써 나타나는 파급력을 봐야 했다.

"천정 길드라. 어쨌거나 우리보다는 뿌리가 깊은데…… 이거 당장은 힘들긴 하겠네요?"

"그러겠죠. 여론몰이 하는 것도 그렇고…… 꽤 복잡하긴 할 겁니다."

"복잡 정도가 아니네요. 아주 노골적이에요, 이거."

시작부터 이런 식으로 나오겠다?

그냥 오면 될 걸 어렵사리 생중계까지 한다?

다 자기 고향 출신인 거 조금이라도 덕 보려고 저러는 거다.

경기 서부 출신이 성공해서 돌아왔다. 돌아와서 이제 경기 서부를 발전시키려 한다.

사람들의 호의를 쉽게 살 수 있겠지.

절대적이진 않아도 좋다. 조금이라도 호의를 가지면 그걸로도 먹힌다. 일을 하기가 편해진다.

실제 나도 그러지 않았나.

서부 지역의 몬스터들을 사냥하고, 여기 사람들을 데려다 쓰면서 건물을 올렸다.

다 '이유'가 있기는 하지만, 애들도 데려다가 보살펴 주고 있다.

그러다 보니 호의를 얻게 되었다. 아주 조금.

'쓥…… 애써서 한 건데 말이지.'

여러 가지로 고생해서 얻은 호의다.

그걸 녀석은 크게 방송 한 번 터트리고 얻으려고 하고 있다.

물론 놈도 바보는 아닌지라, 이것저것 일을 벌일 거다.

나처럼 서부 사람을 사용해서 새로 건물도 짓거나, 본래 있던 걸 개조하겠지.

거기에 여러 사업도 좀 벌이고…….

천정 길드 길드원들은 수가 꽤 된다고 들었으니, 사업을 여러 개 하기도 쉬울 거다.

그들을 위한 편의 시설을 만든다거나 하는 걸로도 폐허가 되다시피 한 경기 서부 상황에서는 감지덕지일 거다.

길드라는 거 자체가, 본래 그런 거다.

그들이 이용할 시설만 해도 여럿에, 워낙 헌터들이 돈을 좀 많이 쓰는가?

그들이 오게 되면 자연스레 여러 가지가 생긴다.

오죽하면 우리 공격대가 자리 잡고 건물을 세우니까.

'주변에 가게 한두 개 열었지.'

그 안 좋은 건물들을 개조하고 어찌어찌했는지 술집이 크게 하나 생기고, 작은 슈퍼 같은 것도 생겼었다.

술집은 회식을 자주 하니 생긴 거다.

회식이 아니어도 사냥 끝나고 한두 잔씩은 하지 않나. 꽤 매상 올리는 걸로 안다.

슈퍼? 우리도 사람인데 먹고는 살아야지. 식당에 나가기도 하지만 군것질도 사먹고 하니까 생긴 거다.

특히 길드에 있는 애들은 용돈 받으면 그 슈퍼에 헌납하기 바쁘다!

별거 아니지만 우리 공격대 하나만으로도 이 정도가 생긴다. 더 생길지도 몰랐다.

그리고 시간이 차차 지나가면.

'우리 길드를 중심으로……'

우리를 중심으로 크게 퍼져 나갈 것이라고 생각했다.

그리고 실제로 차곡차곡 발전을 시켜가고 있는 상황이었다.

그런데 지금 당장 이런 상황에서 천정 길드가 온다고?

"중소기업 죽이려고 대기업 계열사 들어온 꼴이로군요."

"크흐……."

딱 좋은 묘사다.

이제 동네 카페가 장사 좀 하고 상권 좀 만드니까, 대기업이 들어온 꼴이다.

새끼들. 그런다고 내가 질 줄 알고? 피할 줄 아나?

절망 같은 거 따위 할 여유도 없다.

언제고 올 줄은 알았다. 단지 우리 예상보다 빨랐을 뿐이다.

"그래도 해 봅시다. 까짓 거. 예상했던 일이니까."

뭘 노리고 온 건지는 모른다.

그래도 서부는 내 영역이다. 내가 시작점으로 잡은 곳이다.

그런 곳에 자기 영역이라고 쳐들어왔으니, 버텨내야지. 아니 이겨내야지.

안 그래도 딱 좋은 상대다. 계열사 정도도 무너트리지 못해서 뭘 할 수 있으랴.

'해 봐야지. 아니 해야지.'

전의를 불태워갔다.

정면으로 깨부숴 줄 생각으로.

하지만 놈들은 생각보다 더.

더, 더러웠다.

＊　　　＊　　　＊

모든 것은 일정대로 해야만 했다.

가만 있기에는 할 일이 많았다.

'하나씩. 차곡차곡.'

천정 길드가 경기 서부로 온다고 하던 그날 밤부터가 시작이다.

본래는 회식 자리에서 있을 법한 왁자지껄한 분위기가
만들어져야 했겠지만.

"……."

"크흠……."

모두 분위기가 그리 좋지만은 않았다.

다들 말은 하지 않더라도 소식을 들은 거다.

하기야 허웅이 그 난리를 치면서 움직였을 정도인데, 다
른 사람이 모르는 게 이상하지 않은가.

다 아는 게 당연하다.

그러다 보니.

'이번 레이드만 성공하면 길드가 된다.'

라는 기대감보다는 우려가 더 커 보였다.

이해는 간다. 제니스만은 못하겠지만 천정 길드도 작은
길드는 아니지 않나.

냉정하게 비교를 하자면 아직 공식적으로 길드도 못 된
우리보다는 천정이 훨씬 나은 상황이다. 몇 배는 더!

이제 막 싹을 틔우기 시작하는 길드와 든든한 뒷배를 가
진 길드와의 대결?

다윗과 골리앗의 싸움과 다를 게 없다. 대기업과 중소기업과의 싸움과도 같고.

그러니 저들이 우려하는 건 이해가 간다.

특히 분위기가 안 좋은 쪽은 최근에 들어온 자들이었다.

'초반부터 있었던 애들은 괜찮은데 말야.'

10명의 공격대 시절부터 있던 애들은 그나마 괜찮다.

다들 분위기가 안 좋다 보니 휩쓸리는 감이 있기는 하지만, 흔들린다고 볼 정도는 아니다.

우조영, 신지은. 그 소심한 이박조차도 흔들림이 적다. 아니 없다.

하기야 저들은.

'내가 아무것도 없을 때부터 같이 했으니까.'

단순히 공격대 수준이었을 때도 함께했던 자들이다.

내가 길드를 만든다고 나서기 전부터 함께했던 이들이니, 이제 와서 다른 길드가 우리가 영역으로 삼을 곳에 침범한다고 해서 놀랄 게 있겠는가.

내가 어떻게든 해줄 것이라는 믿음이 가득해 보였다.

나머지들도 그랬다.

20명, 30명으로 늘어갈 때에 들어온 자들. 그나마 일찍 들어온 자들일수록 흔들림이 덜했다.

날 봐 온 게 있으니 믿음이 있는 거다.

그리고 좀 의외인 쪽은.

'김권식 공격대 쪽이 의외네.'

흔들릴 거라고 봤던 김권식 쪽.

그들은 늦게 들어왔는데도 김권식이 어찌 다독여 놨는지는 몰라도 흔들림이 없었다.

의외인 부분이었다.

'그래도 다행이긴 하네.'

전체가 흔들렸다면 애써 마음을 다잡았던 나로서도 흔들렸을지도 모른다.

내가 설득을 한다 해도 잘 먹혀들지 않을지도 몰랐다.

하지만 전체적인 분위기를 보아하니 다들 믿음이 있어 보였다. 그나마 설득할 자들은 늦게 들어온 자들이다.

허웅이 호들갑을 떨었던 것과는 다르게 분위기는 최악은 아니었다.

상황을 가늠하며 입을 뗐다. 아주 조심스럽게. 다만 단호한 어조로.

"오늘 일은 다 들어서 알 거라고 본다. 천정 길드가 오겠지. 그들과 경쟁해야 할 거고."

"……."

다들 집중한다.

말을 끊을 생각은 없는지 대답을 하는 자는 없었다. 다만 집중할 뿐이다.

그들의 눈빛에 약간의 기대감이 어려 있어 보이는 건 착각이 아니겠지.

말을 잇는다.

"우리는 순수하게 공격대부터 올라왔다. 저들과 달라."

저들은 뒷배가 있지만 우리는 없음을 말한다.

"오래 되지도 않았지. 인맥? 거의 없지. 그게 현실이긴 해."

잘해 왔다지만 우리는 부족한 게 많다.

더럽다고 말하는 인맥, 학연, 지연 이딴 거도 없다.

그래도 우리는.

"그래도 잘해 왔어. 그러니까 말이다."

"……."

가만히 나를 보는 자들에게 나지막이 말한다.

"앞으로도 잘해 낼 거다. 나. 그리고 너희들 모두. 그러니까 모두."

"……."

"안심해. 각오를 하고. 따라오기만 하면 돼. 그럼 보여줄 테니까."

"……뭘 말이죠?"

누군가 물었다.

뭘 보여줄 수 있냐고. 뭘 어떻게 할 거냐고.

'맞는 물음이네.'

나는 말을 잘 못한다. 이런 상황? 가정도 해 본 적이 없다.

그래도 진심을 담았다. 그리고 답했다.

"모두 다. 아무것도 없던 상황에서 이루는 거. 분명 보여줄 거다. 그러니까 걱정 마라."

아무것도 없던 상황에서 이룬다는 거. 허무맹랑한 말일 수도 있다.

그래도 해낼 수 있다는 걸 보여줄 거다.

그게 내 목적이고. 뭔지 모르면서도 내 목표를 위해서 따라 온 이들을 위해서 할 수 있는 일일 테니까.

그러니. 이들을 다독인다.

걱정 말고 따라오라고. 일정대로 모든 걸 해낼 테니 염려하지 말라고 말한다.

계속해서.

그럼으로써.

'……됐어. 이 정도면.'

완벽하지는 않아도 이들의 마음을 다독일 수는 있었다.

언제고 다시 흔들릴 때가 올지 모른다고 하더라도, 그때 이들을 다 잡아주는 건 내가 돼야 했다.

그렇게 이들을 다독였다.

*　　　*　　　*

다음날 아침.

출발 시간은 좀 늦어졌다.

이른 아침부터 출발하는 게 최상이겠지만, 어제 일이 있었지 않나.

다독이고, 적당히 분위기 만들고, 서로 챙기고. 그러다 보니 잠드는 시간이 늦어졌다. 그러니 출발시간도 늦어졌고.

"괜찮네요. 분위기는."

"그러게요! 다행이에요! 정말루요."

그래도 분위기는 이서영의 말마따나 정말로 다행이었다.

어제의 흔들림이라든가 그런 건 하나 없이, 다들 잘 준비하고 나왔다.

평소 잘 손질된 장비까지 있어서 그런지 다들 번쩍번쩍하다.

도란도란 분위기도 좋더니.

"오! 나오셨다."

내가 나온 걸 알자 다들 대충이나마 각을 잡는다.

군대만큼 각이 잡힌 건 아니지만, 자유분방한 헌터들치고는 제법들 각이 잡혔다.

"준비 완료?"

"예! 이제 출발만 하면 됩니다!"

다들 자신감 있어 보였다.

'하기야 난이도가 별로 어렵진 않지.'

이번에 예정된 레이드는 어려운 레이드가 아니었다.

딱 길드로 승격하는 데 적당한 정도. 그렇다고 잡기는 어렵지 않은 정도의 몬스터를 잡으러 갈 예정이다.

그러니 사냥 자체는 쉽다.

천정 길드 문제만 아니었더라면 흔들리는 일 따위도 없었을 거다.

'하여간에 마음에 안 들어.'

아직 오지도 않았지만 참 마음에 안 드는 길드다.

이제 길 좀 닦아놓고 유명해지니 오려고 하다니.

오게 되면 본격적으로 붙어야 하겠지만, 오기 전부터 이런 식이라니. 이웃주민(?) 될 입장에서는 좋을 리가!

오면 아주 크게 한 방 먹여야겠다고 마음을 다잡으면서 출발하자 말하려는 순간.

가장 먼저 왔어야 할 사람인데도, 어째 자리를 채우지 않던 운이철이 심각한 표정으로 다가왔다.

'뭐지?'

그가 저런 표정을 짓는 경우는 몇 없는 경우라 잠시 멈칫했다.

그 사이 그가 완전히 다가와서 작게 귓속말을 건넸다.

"……잠시 이야기 좀 해야겠습니다."

"흠. 알았습니다."

급하게 자리를 피해야 했다.

"야, 허웅. 애들하고 작전이라도 한번 복기하고 있어."

"왜?"

"몰라. 아직은. 그래도 일단 다녀온다."

조용히 운이철을 따라 움직이기 시작했다.

*　　　*　　　*

처음엔.

'또 무슨 동영상이라도 떴나?'

하고 생각했다. 어디서 또 무슨 일이 생겨서 뭘 보여주려하는 게 아닌가 생각했던 거다.

그런데 가는 곳은 건물이 아니었다.

'공사장?'

새로 짓고 있는 공사장을 향해서였다. 갑자기 대뜸 공사장이라니?

"무슨 일인 겁니까."

"좀…… 꼬인 거 같습니다. 치졸하네요. 일단 가서 보시죠."

치졸이라.

온갖 서러운 꼴 다 당하고 살아봤지만, 내가 생각 못 했던 치졸함이 있던가.

나도 야비하다면 야비하고, 꼼수라면 꼼수라 할 수 있는 걸 잘 쓰지 않나.

그래서 머리로 야비한 방법을 떠올려 봤다. 그러다.

'설마?'

하나 머리로 픽—하고 스쳐 지나가는 생각이 있긴 했다.

공사장과 관련해서 야비한 방법은 의외로 쉬운 데 있었다.

혹시나가 역시나랄까?

"어이쿠! 오셨습니까!"

안절부절못하는 표정으로 감독관이 달려온다.

그의 뒤로 있는 공사장을 슬쩍 봤다.

'별로군.'

전에 봤을 때만 하더라도 분위기가 좋았는데 지금은 다

들 분위기가 좋지 못하다.

굳이 감독관의 표정이 아니더라도, 그 뒤로 공사하는 몇몇 사람들만 봐도 상황이 좋지 못하다는 걸 알 수 있었다.

"무슨 일입니까? 자세한 설명은 아직 못 들었습니다."

"그게……."

공사가 잘된다, 기간을 줄일 수 있다라고 말했던 게 바로 얼마 전이다.

그런데 지금은 감독의 표정이 어둡다.

"어렵지 않게 말씀하세요. 대충은 예상하고 있으니까요."

"……그럼 말씀드리겠습니다. 오늘 아침에 갑작스레 일어난 일입니다. 그게…… 인부들을 인력소에서 데려오는 거 아시지요? 공사 현장은요."

"알죠."

"거기서부터 문제가 발생했습니다. 하…… 이거 참. 평소 어떻게 해 줬는데 이러는지……."

뒤이어지는 설명.

그 설명에.

"……후."

한숨이 비어져 나올 수밖에 없었다.

'이런 샹샹바 같은 새끼들. 아주 제대로 장난질이네?'

공사를 하는 데 핵심인력이 있긴 하다.

전문직이라 할 수 있는 기술을 가진 자들.

하지만 그렇지 않은 부분도 분명 있었다.

노하우나 그런 걸 무시하는 게 아니라 공사장에서 공사를 하다 보면 인력소에서 꽤 많은 사람을 데려다 쓸 수밖에 없다.

우리 공사장도 그랬다.

공사 기간 줄이자고 많은 인력을 데려다 썼다. 덕분에 공사 기간도 줄어들어 갔다. 잘되고 있었는데.

문제는 천정 길드가 벌써 나섰단다.

인력소란 인력소는 다 들러가지고는.

"웃돈 줍니다. 천정 길드 공사. 일도 안 어려워. 일당 플러스 3만원! 식대도 없어! 새참은 최고급!"

조건을 가지고 장난질을 해버렸다.

다른 건 다 떠나서 일당 플러스 삼만 원이라니.

안 그래도 방송 타서 명분도 잘 가지고 오더니, 공사에서 장난질을 쳐버렸다.

지금 여기서 공사하는 곳이라고 해 봐야 몇이나 되겠는가? 몇 개 없다.

특히 우리가 자주 쓰는 인력소만 집중적으로 사람을 보

내서 끌어갔다고 한다. 그럼 뻔하지 않나.

'노린 거지.'

새끼들이 어째 명분 쌓고 좋게 좋게 들어오려고 하나 했다.

어제 발표를 하더니 하루도 안 돼서 시작부터 이따위로 나올 줄이야.

'야비하게 놀자 이거지.'

이게 시작이면, 앞으로는 어떤 야비한 방법이 기다릴지를 몰랐다.

개 같은 거.

처음에는 화가 났다. 흥분을 가라앉히니 짜증이 났고. 그다음에는.

'씁…… 같이 한번 해 보자 이거야.'

이번 레이드만 끝내고, 길드만 공식 창립되면 누가 더 야비한지를 보여줄 거다.

아주 제대로!

길드 설립이라는 걸림돌만 끝내면 제대로 보여줄 각오를 다졌다.

"어서 가죠. 어서 씹어먹을라면."

"……후. 그래야겠죠. 당장은 어쩔 수 없으니까요."

헌데 이 새끼들? 미친 듯 야비하데?

대기업이 중소기업 잡아먹는 꼼수를 그대로 길드에 이식해? 새끼들?

공사장 인부 빼기.

이건 시작도 아니었다.

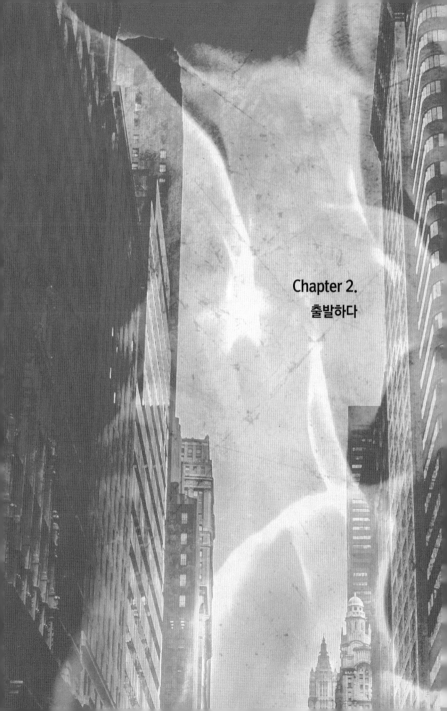

Chapter 2.
출발하다

달래야 했다.

나보다 덩치 큰 양반이 죽을상을 하고 있는 거. 그거 계속 보는 것도 못할 짓이다.

거기다 감독관 양반은 샌드위치 당한 상황이다.

감독관이 잘못해서가 아니라, 상황이 좋지 못했을 뿐이다.

'결코 이 사람이 힘들어할 일은 아니라 이거지.'

해서 적당히 달랬다. 당장 사용할 수 있는 방법으로.

"우선은 같은 조건을 거세요."

"그래도 되겠습니까? 그러면 공사비가 꽤 올라갑니다."

공사비라.

인건비가 공사비의 반이라는 우스갯소리도 있지. 분명 올라가기는 할 거다.

'그래도 커버 못 할 정도는 아냐.'

고개를 끄덕였다.

생각해 보니 여기서 더 나가봐야 했다. 당하고만 살 필요 있나.

"물론입니다. 그 정도는 됩니다."

"……그래도 꽤 오를 텐데요."

"아닙니다. 이참에 돈빨이 뭔지 보여주지요! 차라리 우리가 일당 저들보다 만 원 더 줘요. 저쪽에서 사람 더 못 부르게."

"헛!?"

감독관 양반이 대번에 놀라는 표정을 한다.

'저쪽도 같이 올리기야 하겠지.'

서로 피 흘리는 싸움이다.

자본력은 저쪽이 더 강하겠지만, 이쪽도 만만치는 않다.

좀 무리긴 하지만, 계속 사냥을 하면서 보태면 된다. 몸으로 때우는 게 뭔지 보여주지!

일당 삼, 사만 원 올렸다고 망할 거였으면 길드 만든다고 설치지도 않았다.

정 안 되면 정우혁의 자본을 빌려서라도 메꾸면 된다. 당장은.

내가 진지한 표정을 하고 있자, 그제서야 감독관이 진심이라는 걸 파악한다.

"그, 그럼 정말로 실행합니다요?"

"네. 바로 해 주세요. 내일이라도요. 오늘 오후에라도 끌고 올 수 있으면 더 좋고요."

"네, 넵! 그럼 바로 움직이겠습니다!"

그제야 감독관이 움직인다.

놀라고 당황했지만, 한편으로는 의욕도 보인다.

어쨌든 방법을 마련해 줬으니 어떻게든 해내려는 의욕이 분명 있었다. 책임감이 강한 양반이다.

"그럼 잘 부탁드립니다."

"옙! 꼭 이어서 해내고 있겠습니다."

우선은 돈빨로 메꿔 놓고 움직였다. 임시방편이지만. 당장은 그걸로도 충분할 거라 계산했다.

딱 사냥터를 도착하기 전까지만.

*　　　*　　　*

"가자!"

"잘 처리한 거냐? 일 생긴 건 아니고?"

이럴 때만 눈치가 빠른 허웅이다. 다들 이쪽을 신경 쓰는 기색이었다. 나나 운이철이 뭔 일로 다녀왔는지가 궁금한 거겠지.

"별거 아니다. 그러니까 걱정 말어. 우선은 레이드가 중요하잖아?"

"그건 그렇지."

"그러니까 더 걱정 마. 자, 모두 싸게 싸게 움직여! 초단기 레이드로 해결 보자! 출발!"

"우와아아!"

가만있던 김권식이 추임새를 넣어준다.

그제서야 약간은 가라앉았던 분위기가 다시 올라간다.

사냥터를 향해서 출발했다. 그리고 거기서 본 광경은.

             *   *   *

"……."

"이게 뭔 일이래?"

"……흠."

경기 서부가 괜히 낙후됐다고 하겠는가.

남자의 그곳에 좋다는 해구마가 있는 사냥터를 제외하고

는 다른 곳은 죄다 사냥터가 텅텅 비다시피 했다.

그나마 불법을 저지르는 자들이야 몇몇 있기는 했지만, 딱 그 정도.

나오는 몬스터도 해구마나 웃돈 치르고 사는 놈이지, 나머지는 별로다.

돈이 안 벌리는 건 아닌데, 다른 사냥터를 가면 조금 더 벌 수 있을 정도의 사냥감이었달까.

한가한 사냥터.

게임으로 치면 망한 사냥터가 경기 서부 지대 사냥터였다.

그러니 우리 길드에서는 파티 단위로 사냥을 해도 방해받는 것도 없었다.

불법적으로 사냥을 하던 놈들도, 내가 싸그리 털어줘서 그런지 활동도 뜸해서 걸릴 것도 없었다.

그런데 이게 웬걸?

"사람 진짜 많다."

"못해도 수십은 되는데? 천정 길드 와서 그런가?"

"쓥…… 그럴지도 모르지."

사냥터에 사람이 너무 많다.

예전엔 아예 텅텅 비었었는데, 이제는 족히 수십은 돼 보인다.

한 파티당 다섯 명씩 잡아도 열 파티는 와서 있는 거 같다.

얼마 전까지만 해도 얼마 없던 걸 생각하면 꽤 많다.

웃긴 건.

'대체 왜?'

이유를 모르겠다는 거다.

천정 길드가 온 거야 그렇다고 치자. 천정 길드가 완전히 여기 오면 그때는 이곳의 사냥터에서 사냥을 하겠지.

돈이 좀 안 되더라도 길드 영역이니 그럴 수 있다고 할 수 있다.

그런데 왜 파티가 여기로 오냐 이 말이다.

이 많은 사람을 천정 길드에서 동원을 했다?

'말이 안 되는데……'

천정 길드가 우리와는 다르게 오래된 길드는 맞다.

그러니 우리보다는 동원할 수 있는 인맥이 많을 거다. 파티 단위도 분명히 많겠지.

그렇다 해도 하루 사이에 이 정도를?

말이 안 된다. 도무지!

"이유가 뭘까요?"

"알아봐야겠죠. 흠…… 좋은 현상은 아닙니다. 저희 안정적인 수익원이 사라진 거니까요."

"수익원이라…… 그렇겠네요. 장점이 죽었어요."

서부 지역. 여기서 사냥하는 건 우리뿐이었다. 경쟁이 없었다는 거다.

해서 마음껏 사냥을 하고, 가격은 좀 떨어져도 많이 팔면 됐다.

이른바 박리다매!

하지만 이리 경쟁자가 많아서야, 메리트가 좀 사라지긴 했다.

'하여간에 마음에 드는 게 없군.'

우리야 고민을 하든 말든.

"어기! 거기 비켜줘요!"

"야! 잡아! 조심하라고!"

"으엇! 조심!"

파티 단위로 온 자들은 자기들 나름 사냥을 한다고 바빴다.

여러 이능력을 사용하면서 곧잘 몬스터를 잡아대는데, 그 모습이 꽤 익숙해 보였다.

다들 사냥 경험이 풍부한 편인 파티다.

그런 파티를 데려오다니.

또 어떤 꼼수를 썼을까. 뭘로 유인해서 사람을 저리 데려왔지?

꽤 알아봐야 할 게 많아졌다.

"일단은 가보죠. 레이드부터 어서 끝내야 하니까."

"예. 그래야죠."

"자자, 다시 출발!"

잠시의 의문은 버리고, 출발했다.

*　　　*　　　*

그날 밤.

사냥터의 밤은 어지럽다. 아무리 길드라고 하더라도 속수무책으로 당하는 경우는 많았다.

해서 임시로 본거지를 항상 만들었지 않나.

"죄송합니다만 여기는 오늘 우리가 잡기로 했습니다."

"이미 다 사냥해 놨습니다. 끝났습니다. 그러니, 다른 곳을 알아보시는 게……."

그런데 여길 가고, 저길 가도 이 상태다.

우리가 숫자가 있으니, 매너 좋게 말하지만 쉽게 말하면 꺼지라고 난리다.

자신들이 자리를 잡았으니까. 어서 가라고.

어째 본거지라고 할 만할 자리를 만들기가 어려운 상황이다.

"본거지를 잡아야 하는데…… 이거 원."

"공격대까지는 너무한데? 뭐 이리 많아? 젠장. 같이 자리를 잡을 수도 없고."

"해 주겠냐. 지들이 애써 사냥했는데, 거기다 서로 믿을 만한 상황도 아니고."

"쓥…… 어쩔 수 없지. 이동!"

어디서 듣도 보도 못한 공격대들이 가는 곳마다 자리를 차지하고 있었다.

"아씨. 여기도구만."

근거지로 삼을 만한 곳은 죄다 사람이 있다.

여러 공격대가 연합을 해서 모여서 근거지를 삼은 곳도 있고, 좀 강한 공격대인지 한, 두 개 공격대가 연합해서 자리 잡은 곳도 있었다.

"어쩐다냐."

"후."

밤은 깊어 오는데 근거지로 쓸 만한 곳은 죄다 이런 상태였다.

'갑자기 사냥 붐이야 뭐야. 언제부터 이랬다고.'

파티에 이어서 공격대까지 몰리다니. 뭔가 일어난 건 분명하다.

끝나고 나서야 알아보려고 했더니. 이거 원. 당장이라도 알아봐야 할 판이다. 그 전에.

"야, 좀 위험하기는 해도, 우선 근거지 하나 잡자."

"예정으로 잡은 근거지는 자리가 차버렸으니, 좀 안 좋은 곳으로 가야 할지도 모르겠다."

"어쩔 수 없지. 자, 이동해!"

파티에 이어 공격대.

이러다가 한참 뒤에나 볼 줄 알았던 천정 길드도 금방 볼 상황이다.

나쁜 이웃사촌이 될지도.

                    *   *   *

예정보다 더 오래 움직였다.

저녁쯤에는 잡아야 하는 근거지를, 밤이 다 돼서야 잡을 수 있었다.

그래도 사냥 나온 헌터가 많아서 그런가 몬스터들을 많이 정리할 것도 없었다.

몇 마리 정리하는 것만으로도 깔끔하게 근거지를 삼을 수 있었다.

"천막은 여기에 지어! 경계조는 먼저 움직이고!"

"알겠습니다!"

늦었지만, 경험은 어디로 가는 게 아닌지라 금방 근거지를 만들 수 있었다.

그리곤 각자 빠르게 움직였다.

"저는 우선 알아보러 가겠습니다."

"그래요."

"나는 저녁 준비나 하지. 경계조는 내가 다 점검할 테니까 걱정 말고."

"그래. 일봐라. 고생하고."

"그럼 먼저 움직인다."

운이철은 이 상황이 뭔지 알아보러 갔다. 노트북이든, 전화든 동원해서 알아내겠지.

허웅이나 나머지는 각자 할 일을 하기 위해 움직였다.

나? 나도 차분히 정리할 게 많았다.

하지만.

"내 이럴 줄 알았지."

정리 할 틈도 안 줄 줄은 몰랐다.

처음 여길 근거지로 삼을 때부터 불안하기는 했다.

본래 근거지라는 건 안전해야 하는데, 여기는 안전하다고 보기는 힘들었다. 그래서 근거지 후보지에는 있지도 않던 곳이다.

다른 공격대들이 있어서 울며 겨자 먹기로 자리를 잡았

는데,

—끼요오오!

—끼옷!

몬스터들이 벌써부터 달려들 줄이야!

자리 잡은 지 얼마나 됐다고!

'젠장. 모자쿠인가. 이 새끼들은 까다로운데.'

모자쿠.

스페인에서 처음 발견됐다던 흡혈 원숭이다.

사람의 피를 흡수하는 건 기본이다.

더 중요한 사실은 피 빼는 거만 보면 뱀파이어류에 가까
운데, 이놈들이 머리를 쓸 줄 안다는 것이다.

전에 상대했던 흡혈 몬스터와는 다르게 똑똑하다 이 말
이다. 짱구를 굴린다.

본능만으로 움직이기보다는, 몬스터 주제에 간단한 전략
도 쓸 줄을 아는 게 모자쿠다!

그래도 물러설 수는 없었다. 아니, 이 정도쯤에 물러나서
야 쪽팔릴 일이다.

크게 외쳤다.

"몬스터다! 모여!"

일을 보러 들어갔던 이들이 급히 모이기 시작한다.

소리를 듣자 자신들을 눈치챘다는 걸 알았는지, 모자쿠

들의 속도가 더 빨라지기 시작한다.

—끼요오오오옷!

모자쿠 무리와 우리가 순식간에 마주한다.

어느새 안으로 들어갔던 운이철이 옆으로 나와 묻는다.

"제가 나설까요?"

"아니, 제가 가죠. 후. 오랜만에 잘 걸렸습니다. 내가 선두로 간다! 모두 준비!"

*   *   *

후웅—!

모자쿠가 손을 휘두른다. 강철 같은 발톱이 달려 있어서 손 그 자체가 무기였다.

'제법.'

별거 아닌 몬스터라 봤는데 꽤 빠르지 않은가.

속도는 곧 힘이 돼서 강하게 날 압박해 온다.

'하나.'

허리를 살짝 비틀어 피한다.

—끼요!

다른 하나가 기다렸다는 듯 연환 공격을 해 온다.

스윽—

그걸 피하면 다시 또 다른 모자쿠의 연환 공격!

역시 모자쿠다.

머리를 쓸 줄 안다고 하더니, 선봉에 있는 나를 제대로 노리고 있다.

몬스터든 헌터든, 선봉을 꺾으면 사기가 꺾이는 걸 본능적으로 알고 있는 거다.

선봉을 꺾기 위해서 연환이라니.

역시 소문대로다. 허나.

'그래 봤자지.'

긴장이 되지는 않았다. 얕은 긴장을 대신해서 흥분이 다가왔다. 맥박이 뛰며 흥분이 파도친다.

오랜만에 전투다운 전투를 한다는 흥분이다.

'제대로 놀아 볼까.'

오랜만에 손맛이 있는 몬스터를 상대하는 것에 잔뜩 심장이 두근대기 시작한다.

"전열 오른쪽으로!"

뒤로 들려오는 허웅의 목소리.

알아서 잘도 지휘를 해 주고 있는 그를 두고.

타앗—

발을 한 걸음 앞으로 내디딘다.

모자쿠의 공격을 피하기 위해서 왼쪽으로 꺾었던 허리를

더 비튼다. 그리곤 다시 원래로 허리를 돌린다.

비틀렸던 허리가 풀리면서 생기는 반작용! 그 힘!

그 힘을 검에 싣는다.

동시에.

'폭발!'

파아앙—!

검에 폭발의 힘까지 더해서 검을 쏴버리듯 휘두르는 순간.

일반인이 낼 수 없는 거대한 힘을 그대로 간직한 검이, 모자쿠의 어깨에 그대로 작렬한다.

—끼야아아아악!

콰즉—

'썰렸다.'

시원스럽게 썰렸다. 저항도 없었다. 아니, 저항을 못 했겠지. 과격한 힘에 그대로 잘려버릴 뿐이다.

"피도 안 난다고."

—끼요!

주제에. 다시 달려든다. 한 번은 어깨였으나, 그 다음은.

'목이지.'

없다. 그대로 목을 베어 버린다.

—끼……

반 정도.

푸와아아악!

검이 화염을 머금었다 해도 무지막지하게 불을 키우지는 않아서일까?

검에 화염의 기운이 은은하게 맺혔던 덕분인지, 반쯤 잘렸던 목에서 피가 그대로 뿜어져 나온다.

피조차도 완전히 태워버리지는 못한 것이다.

"어딜!"

치이이익—

몸 앞으로 불의 막을 만들어낸다.

내 몸을 향해서 달려들 듯 뿜어지는 피를 그대로 태워버린다. 뿌연 수증기가 순간적으로 일어난다. 핏빛 수증기다.

그 핏빛에 광기에 휩싸이기는커녕, 나는 냉정하니 눈을 굴렸다.

그리고 찾았다.

'네가 다음이구나.'

다음 목표를.

다시금 발을 움직인다. 다가간다. 썰어버린다. 벤다. 으깬다.

피에 굶주려 온 모자쿠들에게로, 그들의 피를 잔뜩 흩뿌려 준다.

누군가 보라는 듯이.

'실제로 보고 있기도 하지. 언제부터 왔으려나.'

더 잔인하게. 더 강하게 몰아붙인다.

얼핏얼핏 나를 지켜보는 시선.

언제부터 느껴지는지 모르겠지만, 이제는 확실하다.

잔혹한 그림을 그릴수록 더 확실해진다.

내가 모자쿠를 쉽게 베면 벨수록, 으깨면 으깰수록 나를 지켜보는 시선이 동요하는 것이 느껴진다. 누군가의 기운이 흔들린다.

누굴까?

언제부터 와서 나를 보고 있는 걸까?

숨었다고 하기에는 너무 어중간한데?

하기야 그런 거.

'알 게 뭐야. 어차피 예상했던 바다.'

신경 쓸 필요가 있겠는가.

어차피 저런 자들은 앞으로 수두룩하게 볼 거다.

앞에 제대로 서지 못하고 몰래 염탐하는 자 따위. 신경 쓸 필요도 없는 하루다.

다만 그의 시선을 통해서 누군가에게 내 이야기가 전해지지 않겠는가?

염탐을 하러 왔으니, 염탐을 하라고 보낸 자가 있겠지.

그러니 지금 내가 하는 행위는 메시지나 다름없었다.

평소보다도 더!

―끼오…… 캭.

모자쿠의 목을 베고, 으깨고. 잔혹하게 잘라내 버리는 건 모두!

나를 염탐한답시고, 건드리고 있는 자에게 보내는 메세지였다.

건드리면. 계속해서 거슬리게끔 한다면.

'언제고…….'

이렇게 만들어 주겠다는 메시지인 거다.

그렇기에 그 어느 때보다 열심히, 또한 잔혹하게 앞에 존재하는 것들을 베어 갔다.

계속해서.

나를 주시하고 있는 시선의 주인이 그 잔혹함에 몸을 떨 만큼!

*   *   *

피가 난무하던 전투였다. 평소보다 난잡했고, 잔혹했다.

―끼요……

하지만 그런 전투도 마지막 모자쿠가 죽음으로써 결국

끝을 맺었다.

땀? 얼마 흐르지도 않았지만 흐른 땀도 불의 열기로 사라지게 한 지 오래다.

피로도? 이 정도 전투로 쌓일 리가.

대신 아직까지 흥분은 남아 있었다.

"후……."

오랜만에 제대로 벌인 전투였다. 오늘은 사냥감이 없어 첫 전투였다.

난이도 자체는 레이드보다 낮았지만, 역시 전투는 전투다.

냉정함을 가진다고 노력을 했지만, 어느덧 피가 주는 광기에 취했던 거까지는 어쩔 수 없었던 듯하다.

두근— 두근—

아직도 심장이 뛴다.

조금. 아니 많이 흥분을 했었다.

그래도 결과는 나쁘지 않았다.

언제부턴가 느껴지던 시선은 사라졌다.

감시를 위해서 온 건지, 동태를 보자고 탐색하기 위해 온 건지는 상관없다.

중요한 건 왔다 갔다는 거다.

보고를 위해서 움직였겠지. 평소보다 잔혹한 전투 방식

에 대한 보고가 분명 이어질 거다.

경고의 의미가 담긴 일이기도 했다.

또한.

"와…… 이거 많긴 하네. 그래도 공치는 날은 아니었어."

"잘됐네."

쯔왑— 쯔왑—

어쨌든 몬스터라 하는 건 잡으면 다 성과다.

흡혈류의 몬스터인 모자쿠는 난이도에 비해 가격이 낮긴 하다. 그래도 팔면 돈 되는 건 맞다.

아무리 싸도 하급의 몬스터보다는 나으니, 오늘 사냥 못한 걸 일부 벌충할 수 있게 된다.

희생이 없으니 나쁘지가 않다.

문제는.

"오늘 얼마나 오려나. 여기 근거지 자체가 별론데……."

"밤새 잡아야 할지도 모르지."

몬스터들이 많다는 거다.

근거지라고 하면 임시라 해도 쉴 만한 공간이 되어야 했다.

사냥보다는, 그날 있던 피로를 조금이나마 풀 수 있는 공간이 돼야 한다는 소리다.

하지만 오늘 근거지는 울며 겨자 먹기로 잡은 곳이 아닌 가. 장소가 좋을 리가 없다.

피로도가 풀리기는커녕 쌓일지도 모를 장소다.

'꽤 오겠지.'

좋지 못했다.

그러니 누구 하나는 희생해야 했다. 그리고 그 희생자로. 나는.

"애들 재워놓기나 해. 우선은 내가 중점적으로 잡고 있을 테니까."

"괜찮겠냐?"

"안 괜찮으면? 이럴 때라도 나서서 해야지."

"그래도……."

"걱정 마. 정말로 힘들면 그때는 네가 싫다고 해도 너 시킬 거니까."

"새끼……."

나를 택했다.

가장 힘든 곳에, 가장 힘을 써야 할 자는 나라 생각해서 였다.

그게 길드장으로서 할 일이라고 봤다.

감정적인 문제가 아니라 이성적으로 봐도, 가장 오래 버틸 수 있을 내가 버티고 서는 게 맞았다.

나 혼자 밤에 오는 몬스터들 전부를 상대하면, 다른 자들은 조금이나마 피로를 풀 수 있으니 분명 그게 가장 낫다.

그래도 허웅에게는 그리 보이지만은 않았나 보다.

괜스레 안쓰러운 눈빛으로 나를 바라본다.

"너무 힘들면 말해라. 교대해 줄 테니까."

"아서라. 너도 내일 지휘해야 하니까. 어서 가서 자라. 보초도 최소로 해. 내가 느끼면 되니까. 전력 보존해야지."

"……알았다. 먼저 들어갈게."

그렇게 한참을 망설이더니, 비척대며 들어간다.

걸어들어 가는 뒷모습이 왠지 안쓰러워 보이지만.

"자식."

별말은 하지 않았다.

괜히 여기서 허웅을 불러 봐야 다시 돌아올 뿐이라는 걸 알고 있기 때문이다.

여기서 둘이 비비적대고 있는 거보다는 한 사람이라도 먼저 들어가서 쉬는 게 맞는 일이다.

그러라고 내가 희생하고 있는 거다.

허웅이 완전히 자기 막사로 들어간 걸 끝까지 확인했다.

그걸 마지막으로 눈을 돌리는데 언뜻 보이는 밤하늘은

의외로 밝기만 했다.

"밤만 참 밝네. 별도 많고."

탁. 탁—

그대로 괜히 서 있던 땅을 다지고서는.

"끙차."

그곳에 풀썩하고 주저앉았다.

방심하는 게 아녔다.

몸은 편히 쉬게 해주되, 주변의 기운을 느끼는 데 집중을 하고 있었다.

눈으로 보초를 서는 게 아니라, 기운을 느끼면서 보초를 서는 거다.

눈으로 보는 거보다 이편이 더 빨랐다. 모자쿠를 내가 가장 먼저 느낀 것만 하더라도 충분히 알 만하지 않나.

"흐음……."

생각해 보면 기감으로 주변을 느끼다니. 무슨 무림 고수라도 된 느낌이다.

그동안 성장을 한 덕분이겠지.

하기는 이런 거라도 있으니 성장을 하는 맛이 있는 걸 거다.

그래도 가만 보초를 서며 시간을 죽인다는 건 지루할 수밖에 없었다.

군대를 다녀 온 사람들이 가장 지루한 일이 근무라고 하는 것과 같은 맥락이다.

그래도 그대로 시간을 죽인다. 오늘은 버티기로 했으니까.

그 사이 오고가는 자들도 많았다.

"혼자서 괜찮겠어요? 같이 설까요?"

"아닙니다. 오늘은 제가 제대로 서죠."

"으음…… 그래도."

"들어가서 쉬세요."

하지만 모두 돌려보냈다. 허웅을 보낸 것과 같은 이유였다.

그렇게 계속해서 시간을 죽이며 있는데,

"잠시 시간 괜찮으시겠습니까?"

"음? 쉬는 거 아녔습니까."

"설마요. 알아볼 게 있지 않았습니까."

"아……."

운이철, 그만큼은 돌려보낼 수가 없었다.

전투가 끝나고도 뭘 하고 있던가 했더니, 아까부터 알아보라 했던 걸 알아보고 있었던 듯했다.

'하여간 이 양반도…….

그사이 또 조사라니. 쉴 줄을 모르는 양반이다.

내가 성장에 집착한다면, 이 사람은 분석에 잔뜩 집착하는 양반일지도 몰랐다.

"어떻게 됐습니까? 하긴 어느 정도는 알아봤으니까 왔겠죠?"

"당연한 거 아닙니까."

왜 여기 사냥터에 사람들이 몰렸는지 조사가 잘된 건가.

뿌듯한 기색이 느껴진다.

그러나 한편으로는 어두운 기색도 분명 있었다.

"어디까지 연관되어 있답니까?"

"전체는 아니라지만……."

운이철의 말이 계속해서 이어진다.

밤이 깊어져서, 잠이 올 만한 시간이건만 그의 말이 이어질수록 잠이 오기는커녕 되려 깼다.

'새끼들…… 아주 짜고 치는 고스톱을 하겠다는 건가.'

역시 세상엔 더러운 새끼들이 넘쳐난다.

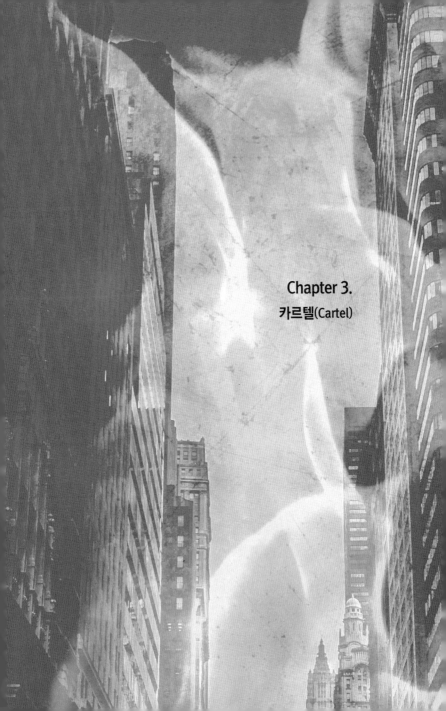

Chapter 3.
카르텔(Cartel)

역시 세상엔 더러운 새끼들이 넘쳐난다.

기득권을 지키겠답시고 나서는 거, 좋다 이거다.

단돈 만 원이 있어도, 자기 거면 지키겠다고 나서는 게 사람이다.

백만 원이 있으면?

더 심하겠지.

몇십 억 대로 있으면 경호라도 세워서 지키는 게 사람이다.

지키고자 하는 마음, 아주 좋다 이거다.

'그래도 이건 아니지.'

기득권자들. 높으신 분들이 자신들의 것을 지키기 위해서 만드는 방식.

아니 지키는 걸로도 모자라서, 안 그래도 꽤 거하게 해드신 분들이 더 해먹기 위해서 하는 짓이 있다.

카르텔.

쉽게 말해서 소수의 독점 동맹.

복잡하게 갈 것도 없다.

기득권을 가진 놈들끼리 편먹고서, 지들끼리 사정 봐주는 게 카르텔이다.

사실 석유 팔아 재끼고 하는 중동 놈들도 이런 짓 많이 한다.

지들끼리 석유 뽑아내는 양을 조절해서 시세 조절하는 건 기본이다.

알게 모르게 더러운 짓까지도 서슴지 않고 하는 게 그들이었다.

몬스터가 나오고 몬스터로부터 나온 정석 때문에 힘이 좀 떨어졌다지만, 여전한 걸로 알고 있다.

그런데 이 짓을 거대 헌터 길드들도 똑같이 써먹고 있었다.

방송국 만들고, 끼리끼리 모이고, 서로 밀어주고. 누이 좋고 매부 좋고 님도 보고 뽕도 따고 하는 짓을 한달까나.

지들끼리 다 해먹고 싶어 한다. 아주 다!

금수저, 아니 금수저 찍어내는 놈들끼리 손잡고 파티 한다!

거대 길드가 지들끼리 계열사 만들 듯 길드 뽑아내고 하는 게 다 그런 짓의 일환이다.

그걸 잘 알고 있다고 생각해 왔다.

카르텔을 구성한 거대 길드들이 독식을 위해서 다른 중소 길드를 방해하는 것? 이미 예상한 바다.

그런데 이 새끼들 보소?

너무 본격적이지 않은가.

운이철의 말을 들어 보니 너무 어이가 없을 정도였다.

그래서 되물었다.

"그러니까 서부 지역에서 나오는 몬스터들의 시세가 올랐다 이거죠?"

"예. 본래 있던 시세보다 족히 20퍼센트씩은 올렸더군요."

"하…… 20퍼센트. 그럼 다른 거 잡는 거보다 낫겠네요?"

"큰 차이는 아니지만, 사냥터를 옮길 만하기는 하죠."

"더럽네요. 이거."

"그렇죠."

20%. 말이 좋아 20%다.

똑같은 걸 잡아도 1만 원 벌던 게 1만2천 원을 벌 수 있게 된 거다.

근데 헌터가 어디 만 원씩 버나?

한 마리 잘 잡으면 수백씩도 버는 게 헌터다.

2천 원 3천 원 차이가 아니라, 몇십씩 가격이 차이가 나
게 된다.

몇십씩 차이가 나게 되면 아무리 헌터라도 움직일 수밖
에 없다.

당연한 일이다.

헌터로서의 사명감보다는, 한탕 하자고 사냥해대는 헌터
들이 좀 많은가?

돈 되는 데에 따라가는 거다.

서부 지역 몬스터들의 시세가 원래 낮기는 했다지만,

'그래도 20%면 어마어마하지.'

낮은 시세라도 20% 정도 올려주면 되려 다른 곳보다 더
나은 가격이 되게 된다.

그러니 파티 단위나 공격대 단위로 단기간에 몰려들기
시작하는 거?

이해가 가는 상황이다.

그들 입장에서는 돈 안 되던 몬스터가 돈 잘 벌리는 몬스
터가 되었으니, 당연히 올 수밖에 없다. 수익이 느니까!

아주 간단한 원리다.

근데 문제는 왜냐는 거다.

"왜 하필 이 시기일까요. 아니, 시기가 중요한 게 아니죠. 너무 노골적이란 건데……."

"이유는 많겠죠. 확실히요."

"하기는 많긴 하죠."

여기 서부에 진입하는 천정 길드를 제대로 밀어주려고 그러는 걸까?

아니면 여기서 아등바등 버티는 날 아주 제대로 고사시켜 보려고 그러는 걸까?

그 밖의 다른 이유도 있지 않을까? 어느 쪽이든.

'재밌네 새끼들.'

아주 노골적이다.

천정을 밀어준다고 해도 노골적이고, 나를 방해하기 위해서 하는 거라고 해도 노골적이다.

후후후후후…….

너무 노골적이라 헛웃음이 나올 정도다.

"재밌네요. 재밌어."

"어떻게 하실 겁니까? 이거 말고도 방해가 더 들어 오긴 할 겁니다."

"그러겠죠."

놈들이 들어온다고 선언한 지 며칠 되지도 않았다.

그 사이 건물의 인부를 빼가지를 않나, 독점하다시피 사용했던 사냥터는 다른 헌터들로 넘쳐나기까지 한다.

아주 노골적으로 천정을 밀어주고 있다. 상황은 내게 안 좋게 돌아간다.

오랜만에 느끼는 기분이 느껴진다.

더러움. 짜증. 분노.

그동안은 느끼지 못했던 감정이다.

'오랜만인데…… 이거.'

하지만 분명 전에도 이 기분을 느꼈었다.

원룸 리모델링 주인이 하던 거랑은 차원이 다르지만 비슷하다.

'참 스케일 큰 갑질이네.'

갑질.

아주 제대로 갑질 당하고 있었다!

천정 길드 하나가 문제가 아니라, 그들이 모여 있는 카르텔 자체가 문제였다.

지들끼리 밀어주겠답시고 시세를 바꿔버릴 줄이야. 그것도 길드 하나에 시세를?

원룸에서 월세 가지고 갑질하는 거랑은 차원이 다르지 않은가?

억측이라고 하지 마라.

천정 길드가 움직인다고 발표를 하자마자 이렇게 됐다.

처음부터 뭔가 짜고 치는 판이 만들어져 있다는 소리다. 그렇지 않고서야 이리 발 빠르게 상황이 변할 리가 없다.

'웃기는군.'

어째 열심히 성장해서 위로 올라오면 좀 낫나 했더니, 다시 도루묵인가.

작은 장애물을 넘고 나니까 더 큰 장애물이 기다리고 있는 기분이다. 웃기다.

"상황을 보니 뻔하네요."

"자기들끼리 해 먹는 거죠."

"뻔히 그려지네요."

천정의 본진이라 할 수 있는 제니스 길드에서 압박을 넣었을지도 모른다.

헌터 관리원에서 매기는 몬스터 사체의 시세를, 바꾸게끔 한 거지.

아니 굳이 압박까지 갈 것도 없다.

본래부터 한통속 아닌가. 상황은 쉽게 그려진다.

"이번에 한번 도와주지?"

"흠…… 그래. 그럼 한번 돕지."

누이 좋고 매부 좋은 거라고.

지들끼리 한방 거하게 해 먹자고, 서로 도와준 게 분명하다. 아주 쉽게.

거기에 내가 끼어 있는 셈이다.

"젠장할. 자본력으로 고사시키려는 게 확 느껴지네요."

"그렇죠. 천정을 키우면서 제니스의 영향력을 키우려고 하는 걸 테고요."

"씁."

참아야 하나? 버텨야 하나? 아니면 어느 쪽으로?

'당장 결정내리긴 어렵군.'

저들을 이기겠다는 마음은 여전하다. 하지만 상황이 좋은 건 분명 아니었다.

속에서부터 터져 나오는 울화를 애써 다잡는다.

그리곤 끊어 삼키듯 내뱉었다.

"우선. 우선은 버팁시다. 아직은 아니니까요. 아직은요."

"……예. 아직은 아니지요."

"두고 봅시다."

세상에 그런 말 있지? 두고 보자는 사람 무섭지도 않다고.

그리고 반대되는 말도 하나 있지.

'와신상담(臥薪嘗膽).'

버티고 또 버틸 거다.

놈들이 어떤 식으로 일을 벌이든 버텨낼 거다. 그리고 버티고 버틴 그 언젠가. 내게 기회가 찾아왔을 때.

　'싹 쓸어버려 주마. 아주 싹!!'

아주 제대로 난장판을 만들어 줄 거다.

지들끼리 만들어낸 카르텔. 자기들끼리 서로 밀어주자고 만든 기득권.

아주 깨부숴줄 거다.

확실하게.

그리고 그때까지 칼을 갈 뿐이다.

나의 불로 직접, 날을 벼르고 떠 벼려서 꺾어줄 거다. 아주 통쾌하게.

그날을 기다리며.

"……."

잠시의 분노를 속에 억누른다.

　　　　　*　　　　*　　　　*

같은 밤. 다른 장소.

흔히 덩치가 크면 우직하다 말한다.

수를 쓰기보다는 우직함으로 승부를 한다고도 생각한다. 선입견이다.

정상수는 그 선입견과 딱 반대였다.

생긴 것과 반대로 논다는 것, 그게 딱 어울렸다.

야비하게 수를 쓸 줄 알았다. 뒤를 치는 건 기본이었다. 필요에 따라 배신도 서슴없었다.

그렇게 치고, 깨부수고, 아래로 짓눌러서 올라왔다.

같은 제니스 길드 내에 있던 경쟁자들도 그런 식으로 재꼈다.

그래도 제법 제 사람들은 챙길 줄 알았다. 어린 시절 고아였을 때 나눠먹던 습관이 발전해서 그럴지도 몰랐다.

자기 울타리 안에 있는 자들을 챙기니 옆에 붙은 자들이 좀 됐다.

그 사람들과 함께 여기까지 왔다.

최고가 돼 보겠다고 천정이라 이름까지 짓고 왔다.

아직은 완벽하지 못한 독립이지만, 그래도 나쁘진 않은 과정이었고 결과였다.

젊은 나이에 거대 길드는 못 돼도 중견 길드의 길드장 정도면 성공한 셈이지 않은가?

'여기서 한 발 더.'

도박을 걸고서 나온 그다.

어려울 거라 생각했는데, 생각보다 제니스 길드가 협조적이었다.

사체 시세 조작까지 해 줄 줄은 그도 몰랐다.

일이 잘 풀린다.

상황이 좋다.

그래서 흥분할 법도 하지만, 그는 흥분보다는 다른 걸 택했다. 이 좋은 상황에 아주 집요하게 상대를 괴롭히길 택했다.

'밟으려면 아주 잘근잘근 밟아야 해. 그래야 씨도 안 남지.'

지금에 만족하기보다는 끊임없이 괴롭히는 걸 택했달까.

괴롭히는 부분에서만큼은 덩치에 어울리게 우직할는지도 모르겠다.

'곧 오겠군.'

그가 사냥터 한가운데, 좋은 근거지를 꾸리고도 잠들지 못한 건 바로 그런 괴롭힘에 이유가 있었다.

역시 사람 괴롭히는 것도 부지런해야 하는 듯 그는 그 한밤에도 눈을 빛내고 있었다.

전에 없던 인기척이 느껴진다. 목소리가 들려온다.

"들어가도 되겠습니까?"

"왔군. 들어와."

속으로는 잔뜩 기다려 놓고서는, 겉으로는 아닌 듯 짐짓 무게를 잡고 묻는다.

"그래. 어때?"

많은 게 함축된 짧은 물음이었다.

"생각보다는 실력이 있더군요. 버텨낼 줄을 압니다. 그리고…… 꽤 잔혹하더군요."

"호? 그래? 전에 듣던 것과는 다르군. 살인도 못 한다던데?"

살인. 한 사람의 목숨을 가져가는 일을 쉽게 말하는 정상수였다. 하기는 위로 올라오는 도중에 많이도 죽였던 그였다.

보고를 하는 상대도 그걸 아는지 자연스레 고개를 끄덕인다.

"그렇게 알았는데, 몬스터를 상대로는 아니더군요."

"흠…… 그런 부류들이 꽤 있긴 하지. 그래서 결론은?"

"이 정도로 만족해서 될까 싶습니다. 기를 죽이려면 아주 제대로 죽여야겠더군요."

"제대로라…… 그렇단 말이지."

잠시 시간을 죽이듯 생각에 사로잡힌 정상수. 그가 결론을 내리는 데는 그리 오랜 시간이 걸리지 않았다.

"좋은 생각이야. 뭐든 제대로 해야지. 그놈 루트가 어떻다고?"

"여기쯤입니다."

보고를 하던 이가 한편에 있던 사냥터 지도 한 곳을 가리킨다.

"호오. 이 방향이라면…… 뻔하군."

그걸 바라보며 정상수가 눈을 빛낸다.

*   *   *

모순되게도, 사람이 많으니 레이드를 위한 여정은 쉬웠다.

몬스터도 몸을 사리는지 전보다 뜸하게 나온다. 파티나 공격대가 와서 잡아대니 몬스터도 버틸 재간이 없는 듯했다.

경기 서부는 몬스터의 천국 중에 하나나 다름없었는데, 그 천국 하나가 깨진 셈이다.

몬스터들 입장에서는 좋지 못할 상황이다. 공교롭게도 우리로서도 별로인 상황이고.

'몬스터랑 비슷한 처지라니. 웃기네.'

이런 상황은 생각지도 못한 지라, 얼핏 실소가 나온다.

어쨌건 여정이 쉬워지니 이동도 빨랐다.

전투를 벌일 것도 없이 급행이었다.

금방 목표로 한 곳에 도달했다.

여기서부터는 레이드 할 몬스터의 영역이라, 다들 조금
씩은 긴장을 하기 시작한다.

'좋은 자세지.'

전투에서 적당한 긴장은 필수.

같이 온 길드원 모두 긴장으로 다들 좋은 자세를 가지고
있었다.

근래 일이 하도 많으니 분위기가 문제가 될까 여겼는데,
기우라고 할 정도였다.

나지막이 명령을 내렸다.

"마무리 점검해. 탱커부터."

"바로 하지."

"딜러들도 무기 한 번씩 점검하고."

"예!"

"소리 죽여. 냄새랑 소리에 귀신같다는 놈이니까."

"……옙. 바로 움직이겠습니다."

"힐러들도 한 번씩 살피고."

"알겠어요."

모두 열심히다. 장비를 점검하고, 자세를 다잡고, 흐트러
졌던 근육을 다잡고.

지루할 수 있는 시간인데 모두 잘해 주고 있었다.

오랜만에 상황이 좋게 흘러가고 있는가 싶었다. 그런데.

"응?"

파아앙—!

가까이선가 폭음이 들린다.

가까이 파티가 온 건가? 사냥 중?

그렇다고 하기에는 방향이 문제였다.

저 방향은.

'날 리가 없는데? 젠장. 설마 이번에도냐.'

그래선 안 되는 방향이었다.

준비를 하고 있던 길드원들에게 급하게 외쳤다.

"다들 따라와! 오면서 점검해!"

"어엇."

당황하는 자도 있고,

"옙!"

나랑 똑같이 폭음을 듣고 귀를 기울이던 이들도 있었다.

다들 반응은 가지각색이었지만, 금방 내 말을 듣고 내 뒤를 쫓아오기 시작했다.

'하. 새끼들. 막가네. 막가.'

재빨리 발을 놀렸다.

＊　　　＊　　　＊

폭음이 이어지는 곳.

내가 가야 할 자리였다. 내 목표지였고.

지난 삼 일이라는 시간은 이곳에 오기 위한 것이었고, 분명 내가 가장 먼저 도달해야 했다.

그런데.

"……하."

웬 사람들이 있단 말인가.

몬스터의 영역. 그곳을 치고 들어가서 내가 레이드를 하고 있어야 할 자리에.

"아래부터 찌르고 들어간다!"

이미 다른 자들이 자리를 채우고 있었다.

*　　　*　　　*

─캬오오오오!

블루 그레이트 울프.

이름 그대로의 몬스터다.

파란빛의 가죽을 가지고 있고. 그 덩치는 소는 뛰어넘어서 오우거만 하다.

날카로운 발톱에는 푸른색에 기운이 어린다.

그게 주 무기다.

쇠도 단숨에 잘라버리는 날카로운 기운은 어지간한 헌터는 쉽게 베어버리는 힘을 내포하고 있었다.

영역을 가지는 몬스터고, 무리 생활을 하기보다는 홀로 고고하게 존재하는 몬스터.

여태껏 상대한 레이드 몬스터에 비해서는 쉬운 편.

레이드치고는 그리 어렵지는 않지만, 내게는 꼭 필요했던 몬스터 중에 하나가 연신 밀리고 있었다.

몬스터의 영역다툼이 아녔다.

차라리 그럼 어부지리라도 할 거다.

몬스터가 아닌 사람들이 가득 모여서 그레이트 울프를 둘러싸고 있었다.

한 사람이 중심이었다.

그리고 그 사람은.

"하앗!"

큰 덩치를 가지고도 빠른 속도로 그레이트 울프를 몰아붙이고 있었다.

처음 보는 얼굴이지만 익숙한 얼굴이다. 실제로는 아니어도 이미 봤다.

'천정. 정상수로군. 제법. 아니 생각 이상인가.'

알려지기로 그는 탱커이자 딜러다. 두 가지의 이능력을 가졌다고 소문이 나 있었다.

하지만 실제로 운이철이 평하기로 그는.

"딜러죠. 다만, 그 괴력이 어마어마한 데다 힘을 비껴낼 줄을 압니다."

탱커 역할도 맡을 뿐. 본질은 딜러다. 아주 완벽하게 딜러.

그의 이능력은 괴력과 일순간 내뿜어내는 철퇴와 같은 한 방.

다만 그의 괴력이 착각을 불러일으킬 뿐이다.

몬스터의 공격을 괴력으로 튕겨내거나, 철퇴를 이용해서 공격 자체를 으깨어버리는 것.

그것만으로도 충분히 그는 딜러이자 탱커로 보이기에 충분했다. 하기는.

'상위 헌터로 갈수록 구분이 모호해지긴 하지.'

헌터라는 거 자체가 본래 그렇다.

빠른 딜러는 공격을 피할 수가 있다. 재간이 좋은 딜러는 공격을 흘릴 수가 있다.

그럼 그건 막아낸 게 아닌 건가?

꼭 탱커처럼 몸으로 막아내야만 몬스터의 공격을 무효화 시키는 거라고 할 수 있겠는가?

흘리든, 피하든.

몬스터의 주의를 끌어내고 상대할 수 있다면 그건 탱킹

이라 볼 수도 있었다.

탱커도 마찬가지.

강력한 힘을 가진 탱커는 때로 딜러와 같은 힘을 낼 수도 있다.

물론 같은 등급의 딜러만은 못하지만, 하급을 상대로야 충분할 때가 많다.

이능력에만 모든 것을 거는 하급의 수준에서는 딜러와 탱커의 구분이 명확하지만, 상위부터는 다르다.

나만 하더라도 그러지 않은가.

때로 몬스터의 공격을 불막 그 자체로 막아내기도 한다.

기술이 많아지고, 이능력의 활용이 다양해질수록 그 경계는 모호해진다.

눈앞의 정상수도 그걸 제대로 보여주고 있었다.

그레이트 울프와의 전투를 즐기는 듯 환히 웃음 짓고 있는 그.

무투파처럼 행동하고 있는 그는.

"꽤 하는데! 바로 간다!"

그레이트 울프가 친구라도 되는 듯 말을 걸면서, 동시에 기술을 발동한다.

확대된 듯 커져버리는 주먹. 그레이트 울프를 향해 그대로 작렬한다.

콰앙—

—캬오!

그에 맞서는 그레이트 울프의 푸른빛을 머금은 발톱.

쇠조차도 반 토막 낸다고 하는 발톱과 정상수의 힘 그 자체가 부딪친다.

'밀리는 쪽은?'

사람이 아닌.

—캬아!

성이 나는 듯 괴성을 내지르며, 질질 밀리는 그레이트 울프 쪽이었다.

억울하다는 듯, 땅에 발을 콱— 박지만 소용이 없었다.

그의 압도적인 힘에 그레이트 울프가 짓눌린다.

버티고 또 버텨도 도무지 전진하질 못한다.

힘과 힘. 박력과 박력의 부딪침이다!

그 부딪침에서 분명 한계를 보이는 쪽은 그레이트 울프였다.

일방적으로 변해가는 전투에 재미가 사그라들었나?

"여기까지다!"

정상수가 연속으로 주먹을 내지른다.

콰아앙— 콰앙— 콰앙—

잔뜩 주먹을 키운 채로!

그의 철퇴라 불리는 별명에 딱 어울리는 몸짓으로, 그레이트 울프를 아작 내기 시작한다.

—캬오오오!

그레이트 울프가 반항을 해 보지만. 이미 한계가 오지 않았나.

그레이트 울프의 왼쪽 눈이 으깨진다. 왼쪽 안면이 함몰된다.

발악하듯 휘두른 날카로운 발톱에 푸른 기운이 옅어진다. 이내 완전히 기운이 사라진다.

기운이 사라짐에도 날카로운 발톱이건만.

"쓸모없다고!"

콰앙—!

한 박자 쉬고, 들어간 정상수의 주먹이자 철퇴 한 방에 그대로 발톱 자체가 어그러져 으깨진다.

'미친…….'

가히 어마어마한 힘!

덩치에 어울리는 박력을 보여주고 있었다.

그는 거기서 쉬지 않고 마무리에 들어갔다.

콰앙— 콰앙— 콰앙!

시체조차도 허락지 않겠다는 듯이!

정육점에서 고기를 잘게 다지듯 그 거대한 그레이트 울프를 다져버린다.

그리곤 분명히.

'나를 보고 있다.'

나를 바라본다.

다른 자들은 모르겠지만, 눈을 마주한 나는 분명 알 수 있었다.

저놈.

내가 올 것을 알고 있었다. 그리고 말하고 있었다.

'이게 내 대답이다.'

라고. 몸으로 말을 하고 있다. 그레이트 울프를 으깨면서!

'저 새끼가 보냈었군.'

무슨 답례냐고?

얼마 전 모자쿠를 잔혹하게 상대했었던 그 모습에 대한 답례다.

내가 한껏 보여준 잔혹함을, 자신도 할 수 있다고 보여주고 있는 것이다.

바로 눈앞에서. 그레이트 울프를 잔뜩 으깨고 또 으깸으로써!

직접!

'……역시.'

이제 확실해졌다.

저놈의 눈을 보게 됨으로써 모든 근거는 다 갖춰졌다.

놈은 서부 지역에 진출할 때부터 나를 염두에 뒀다.

무슨 악연이 있어서?

생판 처음 본 놈인데 왜 이렇게 악의를 뿜어대는지.

모른다. 알 게 뭔가. 중요한 건 놈이 날 건드렸다는 거다.

정상수가 마침 서부 지역에 진출하는데 내가 있어서 공격한 게 아니라, 내가 있어서 서부 지역에 진출을 했다는 게 중요했다.

처음부터 날 노렸다는 게 중요하다 이 말이다.

'개새끼.'

대체 어디서 사주를 받았을까?

운이철을 납치해서 병신 만들었던 조직? 내가 서부 지역에서 손 봤던 조직?

아니면 스승이 드문드문 염려를 하던 어떤 거물?

알 수 없다. 일부일 수도 있으며, 전부 다일 수도 있다.

아직 모두가 내게 덤벼든 것은 아니기에 알 수가 없다.

정상수는 단지.

'직접적으로 보여 줬을 뿐이지.'

가장 먼저 칼을 뽑아들었을 뿐이다. 그 이유가 뭐든 간에.

"후……."

녀석의 도발에 떨리는 몸을 다잡았다.

레이드를 해야 할 몬스터를 빼앗겼다는 분노도, 잠시 가라앉혔다.

아직. 아직은 그래선 안 되었으니까.

'놈이 원하는 대로 해 줄 수는 없지.'

그레이트 울프를 으깨는 것. 내게 보여주는 것. 잔혹함에 대한 답을 해주는 것 모두 도발이다.

놈의 도발에 쉽게 넘어갈 만큼 나는 더 이상 찌질하지 않았다.

대신. 나지막이 말했다. 나조차도 놀랄 만큼 냉혹한 어조로 말이 터져 나왔다.

"돌아간다. 뒤로."

"……그래."

그런 나를 길드원들이 따른다.

다시 뒤로 돌아간다. 다만 패자처럼 뒤돌아가지는 않았다. 끝까지 그의 눈을 직시하며 물러날 뿐이었다.

놈에게 당하고만 있을 필요도 없었다.

'한 방 먹었으니, 바로 한 방 먹여줘야지. 방해 따위.'

놈이 전력을 다해서 방해한다면, 이쪽은 막는 걸로도 넘어서 언제고 놈을 무릎 꿇리면 될 뿐이다.

하수의 방법은 쓰지 않겠다.

도발에 넘어가 앞뒤재지 않고 달려드는 멍청한 짓도 않겠다.

대신.

'제대로 꿇게 해주지.'

놈이 자기 발로 찾아와 무릎을 꿇게 해 줄 거다.

그러니 오랜만에.

"미친 짓 좀 벌여야겠군."

"뭐?"

"……아냐."

놈이 내 눈앞에서 벌인 일이 세상 가장 쓸모없는 일이 되도록.

미친 짓 좀 해야겠다.

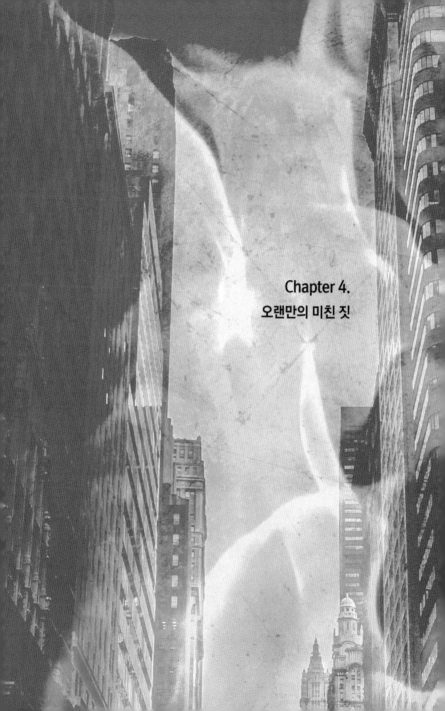

Chapter 4.
오랜만의 미친 짓

쿠웅.

블루 그레이트 울프의 거체가 무너진다. 땅이 울리는 굉장한 광경과 소음.

그렇지만 그 광경이 정상수의 시선을 끌지는 못했다.

강하다 싶었던 몬스터의 거체가 무너지고, 피를 뿜어내는 장면 따위.

이미 여러 번 본 그다. 여기에 잔뜩 흥분을 하기에는 그는 경험이 많았다.

전투 자체가 주는 흥분까지는 어쩔 수 없는 듯, 잔뜩 상기된 표정이기는 했다. 그래도 그의 정신은 다른 곳을 향해 있었다.

'갔나? 확실히 갔군.'

바로 김기환이 있던 곳에 향해 있었다.

그가 있던 자리.

자신과 마주하고 있던 김기환을 그가 머리로 그려본다.

덩치가 있는 자신과는 다른 몸. 사냥으로 잘 다져진 몸을 가진 김기환은 그와는 완전히 다른 타입이었다.

자신이 힘 그 자체로 상대를 으깨는 쪽이라면. 김기환은 자신보다는 기교가 넘치는 쪽일지도 몰랐다.

하기는 출신도, 영역도, 이끄는 길드의 크기도 모두 다르다.

사실 주은영이 그의 야망에 불씨를 지피지 않았더라면 평생 마주할 일이 없었을지도 몰랐다.

마주한다면, 그때는 둘 모두 정점에 올라서서야 만났겠지. 지금처럼 정점에 오르는 과정에서 만날 일은 없었을 거다.

그러니 모든 게 다르다. 하지만.

'하나는 같아.'

그렇다 해도 단 하나만은 같았다.

투기. 혹은 투지.

그레이트 울프를 으깨며, 잔뜩 시선을 줬음에도.

그 시선 안에는 살기가 가득 담겨 있음에도 김기환은 자신의 눈빛을 피하지 않았다.

어지간한 하급 몬스터들은 감히 쳐다보지도 못하는 눈빛을 김기환은 그대로 마주했다.

그리곤 자신이 전투를 마무리하는 사이. 자리를 피했다.

도망인가?

'그럴 리가 없지.'

도망이라니.

말도 안 되는 소리다. 그런 눈빛을 가진 자가 그냥 도망을 가는 법은 없었다.

단지 자신의 도발을 피한 것일 뿐이다.

자신이 보낸 살기.

이곳에 짜놓은 듯 만들어 놓은 판. 여러 가지 함정을.

'미꾸라지군.'

다 피했다.

애써 만들어 놓은 판이건만, 아쉽게 됐다.

부하들을 이용해서 만들어 놓은 함정들이 전부 무용지물이 됐다. 꽤 많은 돈을 들였는데 아까운 부분이다.

그래도 어째.

'나쁘지 않아.'

자신이 만들어 놓은 함정을 피한 김기환을 떠올리는 정

상수의 눈에는 분노 따위는 맺혀 있지도 않았다.

대신.

두근— 두근—

흥분이라는 두근거림이 가슴에 녹아들었다.

오랜만에 호적수. 아니 어쩌면 평생의 호적수가 될 수 있는 자를 만난 느낌이었다.

이런 느낌.

'오랜만인데…….'

어릴 적 자신을 부하 취급하던 형에게서 받았던 느낌이다.

길드에 들어가서는 가장 먼저 봤던 간부에게서 느꼈다. 위로 올라가면 올라갈수록 항상 새로운 자들이 자신의 가슴을 두근거리게 하곤 했다.

그 뒤로 한참. 그런 기분을 느끼지 못했다.

있다고 해도, 숫자가 적었다. 당장은 건드리기도 힘든 자들투성이였다.

너무 높은 거대 길드의 길드장 정도나 돼야 호승심이 불탔다.

그런데 놈은.

이제는 중견 길드를 운영하고 있는 자신의 가슴에 두근거림을 줬다.

'재밌어.'

이제 더는 호적수를 찾기 힘들다고 생각했는데, 의외의 곳에서 찾았다.

자신을 부하 취급하던 형?

재껴다. 이능력도 생기기 전에 있던 커다란 돌멩이로 뒤통수를 깠다.

마지막까지 울부짖으며 자신을 찾던 형에게,

"……나야 형."

"너, 너? 네가 왜?"

"그만 가야지."

퍼억—

자신이라고 확인을 시켜주고 나서야 완벽하게 죽음을 선사해 줬다.

자신에게 처음 잘해 주던 간부. 드높게만 보이던 자도.

"……크윽. 어떻게 네가……."

"계승이라고 해두죠? 저도 윗물 좀 먹어봐야 하지 않겠습니까?"

"미친 새끼……."

가장 찬란한 때에, 가장 아래로 추락시켜 줬다.

사인은 몬스터에 의한 죽음.

매일같이 몬스터를 상대하다 죽는 헌터는 많았으니, 특

별할 것도 없는 사인이었다.

다만 그 진실은 지금도 함께하는 몇몇 놈들만이 알 뿐이다.

그렇게 죽이고, 째고, 나락으로 떨어트리면서 재껴 왔다.

과연 놈은 얼마나 버틸 수 있을까?

'과연 어디까지……'

두근— 두근—

울려 퍼지는 심장의 박동이 그에게 오랜만에 즐거움을 준다.

그 기분을 음미한다. 다시는 못 느낄 거 같았던 기분을 느꼈음에 즐거워한다.

그러면서도 그는 우직해 보이는 외모 뒤에 있는 사갈 같은 성격을 절대 숨기지 않았다.

"찬수야."

나지막한 울림이 울려퍼진다.

이 넓은 사냥터에서는 듣기 힘든 말이지만, 부름을 받은 주인공은 용케 들어서 다가왔다.

정상수가 이름을 부를 때는, 흥분을 했을 때다. 보통은 직위를 부른다.

"예. 형님."

"가서 또 살펴봐라. 네 말대로 생각보다는 재밌는 놈이

더군."

미묘하게 말투가 다르다.

오래전 뭣도 없던 고아 시절, 시궁창을 뒹굴 때나 보이던 뒷골목 말투가 배어 나온다. 전보다 더 경박해진 말투다.

정상수를 따라다니던 진찬수가 그의 상태가 어떤지 알아서 눈치챘다. 그리곤 장단을 맞춰 묻는다.

"……바로 가서 재낍니까? 준비는 됐습니다."

"아서. 네가 먹기에는 힘든 놈이더라."

"형님, 저 찬수입니다."

자존심이 상한 건가. 자신의 힘으로도 재낄 수 있다는 듯 눈을 부릅뜨지만.

스으으—

이어져 오는 정상수의 살기에 애써 끌어 올렸던 기를 죽인다.

"알지. 근데 아직 너는 부족해. 네 생각보다 더한 놈이야 그거. 처음 봤을 때 못 알아봤잖아?"

"그건……."

진찬수. 그가 김기환이 모자쿠를 죽일 때, 관찰하던 자인 게 분명하다.

실제 김기환의 레이드를 방해하기 위해서 아이디어를 냈던 게 그이기도 했다. 지도를 짚으며 김기환이 뭘 잡을지를 예측하기도 했다.

그래도.

'모자라지.'

진찬수는 김기환의 실력을 완전히 알아보지는 못했다.

그걸 정상수가 꼬집은 거다. 처음 보자마자 김기환의 실력을 눈치채지 못했다고.

그 말을 들은 진찬수가 기분이 나쁜 듯 얼굴이 잔뜩 굳힌다.

"그러니 가서 살펴만 봐."

"……예. 바로 시행하겠습니다."

"찬수야."

"예?"

"마음대로 재끼다가 사고 치지 말고. 살펴만 봐라."

"……예."

다시 감시자가 붙었다. 잔뜩 악의로 벼려진 감시자였다.

* * *

다시 이틀의 시간이 지나갔다.

진찬수는 자존심을 상해하면서도, 정상수의 말은 칼같이 들었다.

조금 컸다고 그의 말을 듣지 않던 놈들의 처사가 어찌 되었는지를 알고 있는 그이기에 더욱 충실히 말을 들었다.

정상수는 밑에서 말을 듣지 않는 자는 재낀다고도 표현하지 않는다.

그럴 때면, 훈육한다고 말한다.

"버릇이 없어졌어. 그치? 그럼 훈육 받아야지. 훈육."

훈육의 방식?

간단하다. 사지 멀쩡한 병신으로 만들어 주는 게 그의 방식이다.

고아원에서 들었던 얼마 안 되는 말, '훈육'이란 말이 참으로 괴랄하게 쓰이는 셈이다.

"어때? 잘 봤나?"

"그게……."

지난 이틀의 경과보고가 시작된다.

진찬수는 정상수의 훈육이 무서워 아주 자세히 김기환과 그 일행들을 살폈다.

바람을 이용하는 이능력에 더불어 인기척을 죽일 줄 아는 그의 이능력이 감시에 아주 큰 도움이 된 건 두말할 나위도 없었다.

김기환 쪽은 그가 감시하는 걸 아는지 모르는지, 별다른 모습이 없었다.

그걸 진찬수는 솔직하게 말했다.

"별거 없었습니다. 돌아갈 참에도 사냥도 별로 안 하고…… 나서지도 않덥니다."

"안 나서?"

"예. 완전히 기가 빠진 느낌이었습니다."

지난 이틀. 진찬수가 김기환을 보면서 느낀 건.

"이상하게 사냥에 나서지도 않습니다. 맥이 빠진 느낌입니다. 완전히요."

"흐음…… 몇 번이고 확인을 했고?"

"예. 확실합니다."

"이상한데."

진찬수의 말을 들은 정상수로서는 혼란이 다가왔다.

'내가 잘못 봤나? 그럴 리가 없는데.'

그 특유의 두근거림.

재낄 자들을 볼 때마다 두근거리는 가슴은 그에게 있어 육감이나 다름없었다.

현재 자신의 호적수가 될 만한 자들을 만나서야, 사갈처럼 뛰지 않는 가슴이 크게 뛰곤 한다.

어서 상대를 재끼라는 듯이!

뱀처럼 차가운 심장만을 가진 자신도 심장이 크게 뛸 수 있다는 듯. 계속해서 종용한다. 어서 죽이라고.

정상수는 분명 김기환에게서 그 특유의 두근거림을 느꼈다.

그런데 지난 이틀간 의기소침한 모습을 보인다고?

'말이 안 된다!'

자신이 내린 명령이라면 칼같이 듣는 진찬수를 처음으로 의심해 본다.

"자세히 살펴봤나?"

"물론입니다. 형님! 제가 어떤지 아시잖습니까? 잠도 안 자고 철저히 봤습니다."

"흐음."

확실히.

자세히 살펴본 전찬수는 크게 초췌해 보인다. 평소 활발히 느껴지던 이능력의 기운도 꽤 옅게 느껴진다.

지난 시간 동안 김기환을 살피기 위해서 최선을 다했다는 증거들이 눈앞에 뚜렷이 있었다.

'대체 뭔가. 그냥 물러날 놈이 아닌데.'

정상수에게 처음으로 의문이 생겼다.

공사장에 있던 인부들을 빼돌릴 때, 시세를 조작하게 될 때, 여기까지 처음 올 때까지만 하더라도 확신밖에 없던 그다.

언제나 이 상황을 주도하는 쪽은 천정 길드의 중심인 자신이었다.

자신이 먼저 멋들어지게 엿을 먹였고, 김기환 쪽은 그걸 제대로 받아치지 못했다.

이런 일들에 의문 따위는 없었다.

그런데 처음으로 그놈에 행보에 의문이 생겼다. 그의 머리에 물음표가 그려진다. 그는 이런 의문이 가장 싫었다.

초췌한 진찬수에게 다시 명령한다.

"제대로 알아봐. 마지막까지 제대로! 사냥터를 빠져나갈 때까지!"

"옙!"

진찬수가 다시 튀어가듯 움직인다.

*   *   *

그 순간.

진찬수가 김기환의 일행을 다시 찾기 위해서 움직일 때.

자신이 이끄는 길드원들과 함께 있어야 할 김기환은.

"휘유. 이런 것도 오랜만인데."

오랜만에 미친 짓을 벌이기 위해서 움직이고 있었다.

대체 무슨 짓을 벌이려는 건지, 그의 눈에는 흥분과 광기가 잔뜩 맺혀져 있는 채였다.

'빠르게 끝내볼까. 흐흐.'

김기환. 그가 오랜만에 한번 미친 짓을 하려 하고 있었다.

*　　　*　　　*

너무 많이 맞았다.

권투로 치면 잽싸게 훅훅 날려대는 잽을 몇 대 허용한 꼴이다.

'더러운 꼴 봤지.'

인부 뺏기고, 사냥터 뺏기고, 레이드할 몬스터 뺏기고.

좋은 꼴은 못 본 상태다.

다만 권투로 치면 의외로 이쪽 체력이 좋았다고 해야 할까.

하는 짓거리들을 보면 천정 놈들은 우리가 분란이 일어나거나, 흔들리기를 바랐던 거 같은데.

되려 우리 쪽 길드원들은 잘 결집을 해 줬다.

온 지 얼마 안 된 자들이 흔들리는 모습을 잠시 보여주기는 했어도, 다들 금방 적응을 해냈다.

생각지도 못하게 결집력이 좋았던 부분이다.

문제는.

"이대로는 안 되지."

이대로 당하는 모습만 보여줘서는 안 된다는 거였다.

잽. 잽. 잽.

계속 들어오는 공격을 맞기만 해서야 좋아할 관중은 없다. 잽도 여러 대 맞으면 KO당해서 뻗을 수밖에 없다.

그래서야 쓰나.

쓰러지기에는 지금까지 해 온 게 아깝다.

저쪽이 잽 날려대면서 자꾸 공격을 해대는데, 이쪽도 확 하고 피하고 크게 한 번 카운터 날려줘야 하지 않겠나?

맞기만 하다가 끝날 수는 없잖아?

"그래서 이런 미친 짓도 벌이는 거고. 흐흐."

기다려라. 계속해서 가고 있으니.

김기환의 발이 더욱 빨라진다.

*   *   *

김기환이 카운터펀치 한 방 날리려고 일을 감행하고 있는 그 순간.

한 방이 아닌 두 방째를 날리기 위해서 다른 쪽도 바삐 움직이고 있었다.

정우혁이 아지트라 명명한 곳.

사정이 있어 자신의 본진에 있는 일이 거의 없는 정우혁으로서는 이곳이 본진이나 다름없었다.

그곳에 정우혁이 학을 뗄 만한 이가 발을 디뎠다.

'여기군. 마침 있는 거 같은데. 좋아.'

바로 입구에서부터 지키고 있던 이. 정우혁의 충실한 수하 중 하나가, 그를 바라보자마자 살짝 긴장을 한다.

"무슨 용무로 오셨습니까?"

"급히 일이 있어 찾아왔습니다."

"선약은 없으신 겁니까?"

"예. 그래도 제 얼굴은 기억하시리라 생각합니다만은? 찾아왔을 때 박대할 수도 없음을 아실 거고요?"

문을 지키고 있는 자를 몰아붙이고 있는 그. 운이철이었다.

정우혁이 '괴물'이라고 칭하고 있는 그가, 직접 정우혁의 아지트에 발을 디딘 거다.

그가 김기환과 함께 오지 않은 경우는 드문 터.

게다가 지금 문을 지키고 선 이는 운이철이 올 때면, 크게 스트레스를 받곤 하는 정우혁의 모습을 꽤나 자주 봤던 이다.

'왜 하필 오늘……'

속으로는 왜 하필 자신이 이곳을 지키고 있을 때에, 운이철이 찾아 왔는가 하고 하늘이라도 원망하고 있을지도 몰랐다.

상사치고는 정우혁은 꽤 괜찮은 사람이다.

하지만 본래 상사의 심기가 안 좋으면 아래도 불편할 수밖에 없는 법.

운이철이 다녀가고 분위기가 좋은 꼴을 못 봤으니, 그가 자연스레 긴장하는 것도 당연한 일이었다.

"안내 안 해주실 겁니까?"

"크흠…… 선약이 없으시면 어렵습니다만은."

애써 한 번 튕겨 보지만, 운이철 쪽도 급한 일로 왔다. 물러설 리가 없었다.

"그럼 바로 여기서 약속을 잡아야겠군요?"

"……."

운이철이 품에 있던 전화기를 꺼내 든다. 당장에라도 전화를 해서 약속을 잡을 기세다.

'제길. 오늘 일진은 사납겠군.'

사내는 푹하고 한숨을 내쉬었다. 그리곤.

"안내해드리겠습니다 ……죄송합니다."

금방 현실을 수긍한다.

운이철을 안내할 수밖에 없는 현실을 바로 인정한 거다.

이럴 거면 왜 튕겼나 싶겠지만, 그로서는 최대한 해 볼 만큼 해 본 발악이었다.

"아닙니다. 이해합니다. 그래도 오늘은 나쁜 일이 아닐지도 모르니 바로 안내부탁드리죠."

"휴우. 넵!"

어쨌거나 분위기가 수습되고 금방 정우혁에게로 안내된 운이철.

*   *   *

"엇?"

그를 보자마자 정우혁의 얼굴이 살짝 사색이 된다.

운이철이 그에게 그리 큰 죄를 지은 것도 아니건만, 일종의 노이로제라도 걸린 게 아닌가 싶을 정도의 반응이다.

하기야 어린 나이에도 자신의 뜻대로 능력을 발휘하곤 하던 정우혁이다.

그런데 어째 운이철을 상대로는 그의 능력이 통하질 않았다.

압박을 넣으려 해도 넣을 방법이 없는 상대. 그렇다고 제 식대로 요리하기도 힘든 상대.

그런 자가 정우혁에게는 바로 운이철이었다.

일종의 천적이자 상극이랄까.

이능력으로 따져도, 점차 힘을 찾아가고 있는 정우혁이 더 우위일 수도 있는데도. 더 밀릴 이유가 없음에도!

묘하게 밀려버리곤 한다.

'그나마 형님이 있으면 편한데…….'

정우혁이 운이철을 바라본다. 머리를 긁적이며 묻는다.

"휘유, 형님이 보냈습니까? 형님은 왜 안 오고요?"

"알 만하지 않으십니까?"

"……알죠. 상황 안 좋은 거. 그래도 꼭 찾아오는 형님 아닙니까?"

"미친 짓 벌이시러 갔습니다."

"뭔지는 몰라도 꽤 대단한 거겠네요. 그런데 중요한 건 왜 여기에도 미친 짓을 벌이러 오셨냐는 겁니다."

정우혁이 운이철을 상대로 잽싸게 촌철의 공격을 날려보지만.

"후후. 미친 짓이라뇨. 거래입니다. 거래."

여유로운 웃음을 지으며, 훅하고 피해버리는 운이철이었다. 그리곤 더 시간을 끄는 것도 아깝다는 듯 바로 본론으로 들어가 버렸다.

"휘유. 거래라고 하고 약점을 후벼 파니 문제죠."

"그건 한 번이었습니다. 한 번. 거기에 대한 대가는 드렸

구요?"

"쳇…… 말이라도 못하시면……."

"어쨌든 이쪽도 급한지라 바로 본론으로 가죠."

"뭐부터 원하죠?"

"그때 인부들. 다시 소개시켜 주시죠."

"하, 인부요? 전에 공사를 하셨던 분들요?"

"맞습니다. 그게 가장 문제거든요."

인부 문제. 이게 지금 제일 큰 문제였다.

레이드를 나갔다가 며칠 만에 돌아와서 본 감독관은 죽을상이었다.

"……죄송합니다. 어떻게 올려도 저쪽에서 계속 올려버립니다. 그 이상은 무리인 듯해서…… 멈췄습니다."

김기환이 씀씀이를 크게 풀었건만, 그래도 실패했다.

저쪽이 미친 듯이 돈을 써댔다. 만 원을 올리면 이 만원을 더 올리는 식이었다.

당장 김기환이 그 돈을 못 맞출 문제는 아니었다. 똑같이 이만 원 정도 올리는 것도 충분히 가능했다.

문제는 감독관.

"……정말 죄송합니다. 어떻게 할 수가……."

완전히 기가 죽어버렸다.

이런 일에는 흔들리지 않고 크게 배팅을 해야 하는데 그걸 무서워했다.

자기 탓도 아닌데 다 자기 탓인 양 죄인처럼 행동하고 있었다. 그는 문제가 없는데도!

"괜찮습니다. 우선은 들어가 보시지요."

"……죄송합니다. 죄송합니다."

마지막까지 미안해하던 그. 정신이 없는데도 사과만 하던 그의 모습은 왠지 모를 서글픔이 느껴졌다.

여하튼 그런 상태로 더 공사가 진행될 리가 있겠는가.

진행이 되기는커녕 멈췄다. 감독관도 죄송하다 말할 뿐 더 진행을 못 하고 있었다.

공사는 멈춰져선 안 된다.

그걸 막기 위해 운이철이 이곳에 온 거다. 우선은.

허나 그 반응이 시원찮았다.

"그분들. 쉽게 모습 보이면 안 되는 거 아시잖습니까?"

"상황이 급합니다. 어떻게든 눈을 막으면 되지 않겠습니까?"

"어떻게든이라니요. 어려울 겁니다. 그때도 어렵사리 부탁을 한 건데……."

그쪽 인부들은 꽤나 비밀스레 일하던 자들 아니던가. 이능력을 쓰다 보니 어쩔 수 없는 부분이다.

그렇다 보니 그 사람들을 또 부르는 것에는 정우혁도 난색을 표할 수밖에 없었다.

하지만 운이철은 예상외로 뻔뻔했다.

"그래도 해 주셔야 합니다. 우선 이거부터 보고 이야기하시죠."

"음?"

품에서 무언가를 꺼내 든다.

마치 사기꾼의 눈빛이다. 떠돌이 약장수가.

"일단 잡숴 봐!"

하는 표정으로 꺼내 든 그것은 서류였다.

"이게 뭡니까?"

"딱 필요할 물건이지요."

"흐음……."

한 장 한 장, 정성스레 읽어 보기 시작하는 정우혁.

'어디 한번 보자.'

상극인 운이철을 상대로 꼬투리라도 잡아 볼까 하고 뚫어지게 바라본다. 삐뚤어진 마음으로 서류를 살펴보고 있달까!

허나 그 삐뚤어진 마음도 얼마 가지 못했다.

삐뚤어짐이 이내 당황과 놀람으로 바뀐다. 그러다가 감

탄으로 변하는 건 순간이었다!

"이, 이게…… 어떻게 이런 게 됩니까?"

"특기죠. 특기. 자아, 거래하실 생각이 들었습니까? 나머지는 이야기가 끝나고 봐도 충분할 텐데요?"

타앗.

순식간에 기습.

정우혁의 손에 놓였던 서류 더미를 다시 잡아채서 품으로 가져가는 운이철이었다. 순간 버프라도 사용한 듯 눈이 빛나고 있었다.

"젠장……."

그걸 아쉽다는 듯 바라보는 정우혁.

"……알겠습니다. 알겠어."

결국 정우혁이 항복 선언을 한다.

"후후. 좋은 거래가 될 겁니다."

그에 웃음 짓는 운이철.

아무래도 상극인 이 둘의 관계는 꽤나 오래 지속될 듯했다.

*　　　*　　　*

바로 며칠 후.

정우혁이 운이철의 거래를 어서 끝내고 싶었는지, 바로 이호준을 필두로 한 인부들을 보내 왔다.

그의 인부들과 마찬가지로 이호준 그는 전과 같이 살갑게 운이철을 대하며 물어왔다.

"생각보다 빠르게 다시 오게 됐군. 자네, 대장은 어디로 갔나?"

"크게 일 벌이러 가서 아직 못 옵니다. 그래서 제가 대신 나왔지요."

"하하. 바쁘군?"

"그렇죠. 여기저기 날뛰니 바쁠 수밖에요."

"원래 처음 자리 잡을 때는 다 그렇지. 우리도 처음 이 일에 달려들 때는 알게 모르게 반발이 심했다고? 그래서 지금도 이러지 않나."

아직까지 몰래몰래 일을 맡는 부분을 말하는 듯했다.

운이철이 동감하는 듯 고개를 끄덕인다.

"어디나 기득권을 유지하려는 자들이 있기 마련이죠. 어쨌든 기초는 돼 있는 곳입니다. 부탁드려도 되겠지요?"

"흐흠…… 잘해 놨군. 좋아. 설계도는 이미 받았고. 바로 착수하지!"

"부탁드리죠!"

　　　　*　　　*　　　*

　운이철이 인부 문제를 해결하고 있는 그 시간.

　혼자 미친 짓을 벌인답시고 복귀도 하지 않은 김기환. 그
는.

　"여기서부터인가."

　—취이이익!

　며칠을 홀로 움직여 왔다.

　위험천만한 사냥터 안에서 홀로 움직인다는 거 자체가
미친 짓이나 다름없는 터.

　몇몇 최상위 헌터나 하는 미친 짓을 벌여서, 결국에는 목
적지에 도달하는 데 성공했다.

　제대로 된 카운터펀치가 들어가려 하고 있었다!

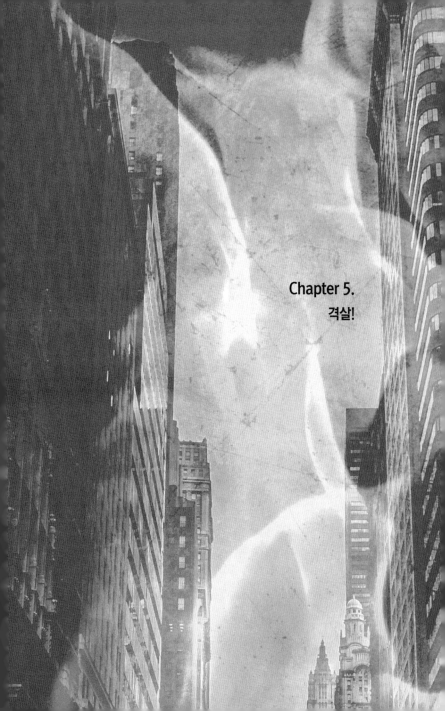

Chapter 5.
격살!

사냥터를 홀로 떠돈다는 거.

처음은 아니다. 그래도 노숙까지 해 가면서 떠도는 건 확실히 처음이었다. 그것도 홀로.

전에도 홀로 사냥터를 다녀온 적이 있긴 했지만, 그때는 이른 아침부터 출발해서 밤이 되기 전에는 숙소에 돌아와서 잤다.

그러니 지금 홀로 사냥터에서 노숙까지 하던 거에 비하면 난이도가 확 다르다고 할 수 있었다.

그건 정말 미친 짓이었다.

"하. 정말 고생스러웠다."

사체값이 올라가고 사냥터에 몬스터들을 상대하는 헌터
들이 늘었다고 해도, 몬스터는 몬스터다.

어디를 가나 몬스터들은 있었다.

죽여도 다시 나타나는 게 몬스터였다. 그런 몬스터들의
영역에서 홀로 움직이는 것.

힘은 물론이고, 담력에, 떨어져 가는 체력으로도 버티게
해 줄 정신력도 있어야 했다.

그리고 그걸 의외로 해냈다.

"후우."

지난 며칠을 그 개고생을 해서 여기에 도착하는 데 성공
했다.

늦은 밤이지만 확실하다. gps가 던전도 아닌 이곳에서
거짓말을 할 리가 없으니까.

삐이— 삐이—

"고생했다."

목적지에 도착했다고 외쳐대는 gps를 껐다.

그리곤 익숙한 몸놀림으로 나무 위로 올라갔다. 그대로
자리를 잡았다.

'두, 세 시간. 잠들 수 있으려나.'

이제부터 제대로 뛰어야 한다. 아주 잠시라도 쉬려는 마
음으로 잠시 눈을 감는다. 사냥터의 한가운데에서.

＊　　　＊　　　＊

얼마나 시간이 지났지?

아직 눈을 뜨기로 한 시간은 안 된 것 같다.

"크…… 역시 이놈들이 쉽게 둘리가 없지."

—취이이익!

반갑지 않은 손님이 찾아왔다.

나무 아래. 그곳에 몬스터들이 있다.

쿠웅— 쿠웅—

용케도 나무 위에서 잠시 휴식을 취하고 있는 나를 찾았다.

나름 주변에서 가장 거대한 나무를 찾아 몸을 숨겼는데, 체취로라도 나를 찾아낸 듯싶다.

그대로 나무 아래를 퍽퍽 치고 있었다.

자신들의 무기인 도끼로 계속해서!

내가 아래로 내려가기도 전에 나무부터 부술 기세였다.

내려오라는 표시다. 아니면 나무를 부숴서라도 나를 자신들의 쪽으로 끌어들일 기세였다.

'새끼들…… 잠시 쉬는 시간 좀 달라 하는 건 무리겠지?'

내가 생각했지만 개소리네.

몬스터에게 휴식 시간을 달라고 하는 거. 사실 그게 더 웃긴 이야기겠지.

어쩔 수 없다. 상대를 할 수밖에. 어차피 죽고 죽이는 전투를 위해서 온 참이다.

몸에 기운을 훅―하고 돌린다.

머리끝에서부터 발끝에까지 기운이 타고 돈다.

휴식을 제대로 취하지 못해 피로해하던 몸이 기운에 의해 억지로라도 깨어난다.

언제 피곤해했냐는 듯 본래의 컨디션으로 돌아온다.

'효과 좋고.'

완벽하지는 않아도, 이 정도면 날뛰기에는 딱 좋은 몸이다.

가 보자!

마음을 먹자마자 뛴다. 나무 아래로.

후욱―

위에서 아래로. 중력의 힘을 받아 떨어지는 그 사이. 훅 하고 들어오는 바람의 움직임이 거의 남지 않은 잠조차 완전히 사그라들게 한다.

타악―

그대로 가볍게 착지. 몇 미터나 되는 거리를 떨어져 내렸지만, 몸에 충격 따위도 받지 않는다.

내려들면서 꺼내든 검을 꽉 쥔다. 자세를 잡는다.

—취이이익!

기다렸다는 듯이, 도끼질을 멈추지 않던 몬스터. 아니 오크들이 달려들기 시작한다.

샨오크. 녹자른 오크.

지금까지 상대했던 그런 아류의 오크들이 아니다.

그린 스킨.

제대로 된 녹색의 빛을 띠는 피부를 가진 오크들이다.

태어날 때부터 군살은커녕 인간의 몇 배는 되는 밀도를 가진 근육을 가진 것이 그들이었다.

강한 오크일수록 인간을 닮아간다고 하더니 들창코만 흉해 보일 뿐. 나머지의 외모는 그리 흉하지만은 않았다.

부풀어 오른 듯하면서도, 나름의 조형미로 잘 만들어진 근육에 몬스터답지 않게 잘 제련된 듯한 도끼까지!

아류도 변종도 아닌 제대로 된 오크들답게,

—취이이익!

—취익!

달려드는 그들의 기세는 강한 몬스터라고 하기에 어디 하나 부족함이 없어 보였다.

후웅!

본능적으로 익혔음이 분명한 도끼술!

나뭇가지 휘두르듯 가볍게 휘두른 도끼가 공기를 가른다. 김기환을 향한다. 그대로 작렬한다.

콰앙!

김기환이라고 밀리지 않았다. 피할 생각도 않았다.

어느새 불의 기운을 잔뜩 일으킨 채로 그대로 부딪쳤다.

'확실히 강해.'

―취익!

한 번의 부딪침. 고수가 서로를 평하듯 서로가 서로를 가늠한다.

오크들은 놀랐다. 인간 주제에 자신들을 피하지 않았다. 몇 명씩 와서 자신들을 향해서 덤벼들다 도망가던 인간들과는 그 수준이 확연히 달랐다.

정면으로 부딪쳤고, 막아냈다. 아니 막아내는 수준이 아니라 도끼가 밀릴 정도로 강력한 기세였다. 그러니 놀랄 수밖에.

오크가 인간의 말을 할 줄 알았더라면 분명 이리 외쳤을 거다.

―전사다!

제대로 된 전사라고.

김기환도 마찬가지.

본능으로 익혔을 도끼술에 가장 먼저 놀란다.

'수준이 있어.'

기초만을 배우고 실전으로 다져 간 실전 검술을 익히다 폭발을 이용한 폭발 검술을 정립해 나가고 있는 김기환이다.

그런 김기환과 오크들의 도끼술은 일면, 일맥상통하는 부분이 있었다.

미칠 듯한 파괴력. 오로지 파괴! 상대를 분쇄하겠다는 마음가짐!

그것만을 중심으로 만들어졌음이 분명한 진짜 오크의 도끼술.

살아남기 위해서, 아등바등해서 위로 올라가려는 마음가짐 하나로 여기까지 온 김기환.

그의 모든 정신이 녹아들어 하나의 새로운 경지로 나아가고 있는 폭발 검술!

같으면서도 다를 수밖에 없지 않은가.

한 번의 부딪침만으로 서로의 격을 알게 되고, 감탄한다.

콰아아앙— 콰앙—

서로가 피하지 않고 도끼를 휘두른다. 검으로 베어간다. 한 점의 물러섬도 없었다.

오로지 부딪침!

피함은 없는 전투!

상대를 분쇄하겠다는 마음가짐 하나!

이건 몬스터와 헌터의 전투가 아녔다.

비록 일대일의 전투는 아닌, 다대일의 전투일지언정!

모두가 자신이 지금까지 쌓은 모든 것을 제대로 쏟아내고 분출해 내는 겨룸의 장이었다.

만약 이들이 몬스터가 아니었더라면.

혹은 서로가 같은 오크였더라면. 서로의 교류 끝에 발전을 꾀했을지도 몰랐을 정도다.

후아아앙!

도끼가 공기를 으깰 때마다.

쓰아악—

때로는 김기환의 검이 파괴 일변도의 도끼와는 다르게, 폭발을 이용한 세밀한 컨트롤로 오크의 살갗을 베어갈 때마다.

서로가 서로를 느낀다.

서로에게서 배운다.

몬스터일지라도, 상대는 제대로 된 전사였다.

자신들끼리 부족을 가지고, 저 멀리 외국에서는 오크 왕국을 만들어 낸다는 오크들답게 격 또한 담겨 있다.

두근— 두근—

부딪칠수록 가슴이 흥분으로 가득 찬다. 이런 힘과 힘의 전투를 벌일 수 있는, 제대로 격을 가진 몬스터도 있구나 하는 생각에 기쁨이 찾아온다.

언제부턴가 피가 튀는 사냥에서 성장의 기쁨을 느껴가던 김기환에게 끝없는 쾌감이 찾아온다.

'좋다.'

너무 좋다.

현대를 살아가면서도 전사가 되어가는 자. 끝없는 전투로 자신을 단련해 가는 자들만이 느낄 수 있는 그런 희열이다.

사회라는 치열한 전투가 아닌, 진짜 전장이 주는 전투에서 느낄 수 있는 희열에 아드레날린이 분비된다.

모든 피로가 사라진다. 모든 감각이 날카로워진다.

그리고 끝없을 것 같았던 전투도 결국에는.

—취이이이익!

끝이 다가온다.

가장 중심에서 김기환의 파상공세를 막아내던 오크.

다른 오크의 것보다 삼분지 일은 더 큰 오크의 도끼가.

빠즉—

쪼개진다.

날카롭게 벼려진 김기환의 검을 이겨내지를 못했다. 검

에 실린 불의 기운을 오크의 힘이 이겨내지 못했다.

그리고 결국엔.

파사사사삭—

가루가 된 듯 깨져버린다. 거대한 도끼가!

'여기까진가.'

아쉬움이 잔뜩 몰려오지만, 김기환은 거기서 멈출 생각이 없었다.

오크의 무기가 사라졌다고 해서 물러나는 것은.

—취이이익!

도끼가 산산조각 났음에도, 그 자리를 지키고, 물러섬 없이 달려드는 오크에 대한 예의가 아니었다.

'제대로 보여 주마.'

그러니 최선을 다한다.

김기환의 눈빛이 변한다. 더 날카롭게.

아까까지는 그의 검술과 오크 특유의 도끼술이 가진 교류였다면. 지금부터는 한 명의 헌터로서, 하나의 몬스터를 제대로 베어 버리겠다는 마음가짐으로 바뀐다.

피 튀는 전투. 흥분. 그 모든 게 좋지만, 결국에는 서로가 전력을 다해 베어야 할 대상일 따름이다.

죽여야 했다.

샤아악—

김기환의 검이 오크의 살갗을 가른다. 근육을 찢는다. 인간보다 몇 배는 강력한 근육도 그의 검술 앞에서는 타들어가며 벌어질 수밖에 없었다.

그리고 닿게 되는 뼈. 두꺼운 뼈마저도. 결국에는.

'깨져라.'

화르르르륵—

지금까지는 장난이라는 듯 더욱 강한 기운을 맺어, 힘을 주는 검에.

콰즈즈즈즈즉—

으깨져 버린다. 오크의 두꺼운 오른팔이 날아가 버린다.

—쿼이이이익!

오크가 콧김을 뿜어낸다. 잔뜩 성이 났다는 듯이.

이런 기운. 이런 힘을 가졌는데 왜 지금껏 쓰지 않았냐는 듯!

오크이자 전사로서 살아가는 자신을 놀리기라도 했냐는 듯, 종족을 뛰어 넘어 서로의 검과 도끼를 겨루던 아까의 장면은 모두 거짓이냐는 듯이!

그에 대한 김기환의 답은.

"……여기까지."

검이 대신했다.

아래에서 위로 오른팔을 베며, 위로 잔뜩 올라갔던 검.

그 검이 계속해서 불어 넣어져 가는 김기환의 기운을 받은 채로 아래를 향한다.

목적지는 콧김을 내뿜으며 잔뜩 분노하는!

맨주먹으로라도 김기환에게로 달려들려 하고 있는 오크의 목!

콰즈즈즉—

아까와 같이 그대로 모든 게 베어쳐 버린다.

푸아아아악!

피가 쏟아져 나온다. 어마어마한 피다.

인간과 다른 심장을 가졌기에, 순환도 빠른 건지 쏟아지는 피가 진정 어마어마했다.

그걸 가벼운 몸짓으로 피해버리는 김기환이다.

그리곤.

"……"

가만히 남은 오크들을 바라본다.

—취이이익!

—취익!

잠시 멈칫하던 오크들이, 언제 그랬냐는 듯 다시 달려든다.

중심을 지키고 있던 오크. 그 오크가 죽은 것은 상관없다는 듯 잔뜩 광기에 젖은 시뻘건 눈빛을 뿌려대면서!

                        *   *   *

쯔왑 쯔왑—

흔적이 남지 않도록 시체를 담는다.

'재밌는데……'

공간 장치답게 순식간에 담긴다.

미친 짓을 벌인다고 하고 왔을 때.

미쳤다 생각한 포인트는 다른 데 있었다.

홀로 사냥터를 헤매며 살아남는 것과 길드를 만들기 위해서 잡아야 할 몬스터를 홀로 잡는다는 것.

딱 그런 정도였다.

그런데 역시 세상은 내 생각대로만 돌아가는 게 아닌 듯싶다.

레이드라고 하는 게 길드의 설립 조건이라고 하지만, 강한 혹은 피해를 많이 준 부족 하나를 제대로 처리하는 것도 유효.

그렇기에 이들 오크들을 처리하는 미친 짓만 벌이면 된다 생각했는데 그게 아니었다.

이들은 이들만의 격이 있었다.

"후우. 예상외로 제대로 된 전투였다."

강해 봤자 오크. 제대로 지능을 가졌다고 해도 몬스터.

딱 그런 생각을 했었는데.

제대로 된 전투였지 않나?

두근— 두근—

전투가 주는 흥분에 아직도 심장이 크게 뛰고 있다.

기분 좋은 박동을 보이고 있었다.

'전사야. 그것도 제대로 된.'

저들은 전사다. 오크라고 무시할 게 못 되는 전사. 자신들의 방식을 가진 놈들이다. 나름의 철학이 있달까.

길드원들을 수련하기 위해서 했던 수없는 대련에서도 가지지 못하던 흥분을 줬다.

하기는. 그 무엇보다 흥분될 수밖에 없는 일이긴 했다.

'생(生)과 사(死).'

그 차이를 가름에서 나오는 두근거림.

모든 것이 녹아 있는 부딪침이란!

그 어떤 게임, 대련이 가질 수 없는 것들이기도 했다.

목숨을 담보로 한 배팅!

그러니 상상 이상이었다.

"어쩌나? 잠은 다 잤고."

이렇게 두근거리는데 잘 수 있을 리가 없지 않은가.

예정보다 많은 시간을 자지 못했지만, 잠보다 더 달콤한

게 기다리고 있었다.

아직 달밤이 휘황찬란하다. 기지개를 쭈욱 펴 본다.

그것으로 준비는 다 됐다.

"가 볼까나."

달아난 잠은 그대로 보내주고, 발걸음을 옮겼다.

*   *   *

새벽녘.

헌터들마저도 잠들 만한 시간. 숲 한가운데이기에 달빛
하나 빼고 의지할 것 없는 숲길을 가른다.

아주 차분하게.

그러면서 끊임없이 생각한다.

'뭔가 있어.'

단순 전투만 중요한 게 아녔다. 이들로부터 얻은 것이 있
었다.

실마리를 찾은 느낌이다.

오크 정찰대 하나. 그것을 부순 것만으로도 실마리를 느
꼈다.

멀리 있는 게 아녔다.

지금까지 만들어 온 검술.

기초는 스승으로부터 닦았고, 폭발의 힘을 싣는 것은 내가 창안한 방식이다.

그래도 부족했다.

격이 없었다. 형식이라고 해 봐야 아직은 기초적인 수준이었다.

'격이야…… 넘어가도 된다고 치고.'

내가 적으로 상대할 건 주로 사람이 아니라 몬스터.

후에 사람을 상대할 날이 오겠지만, 어쨌건 지금은 몬스터를 상대하는 경우가 더 많다.

애써 고상한 척 격을 만드는 것도 나랑 어울리지도 않았다.

대신, 격보다는 검을 휘두르는 형(形)은 제대로 갖추는 게 맞았다.

단순히 검을 휘두르는 데 폭발을 더해서 속도를 더하고, 힘을 더하는 걸로는 뭔가 부족하다는 느낌이 들었었다.

폭발 검술 자체가 내 필살기라 하기엔 뭔가 부족했다.

지금도 쓸 만은 하지만 2% 정도 부족하다.

그런데 오크들로부터 그걸 찾았다.

'제대로였지.'

형도 기교도 없이 오직 힘. 무식한 휘두름. 그러면서도 그 안에 담긴 묘한 박자. 완전히 실전에서만 만들어진 그 무엇.

그런 것들이 오크의 도끼술에 담겨 있었다.

딱 내 폭발 검술에 가져다 써먹을 만한 것들이었다.

또한 거기서 한 발자국 더 나아가면, 폭발 검술이 훨씬 발전할 걸 장담할 수 있었다.

힘, 기교, 속도. 거기에 더해질 그 무언가.

그것들이 전부 조화가 되면, 흡사.

"달밤의 그 검술⋯⋯."

이준혁이 보여줬던 그 검술과 비슷한 격이 만들어지지 않을까?

그 무언가가 담겼던, 나를 홀리게 만들었던 그때의 그 검술에 조금은 닿지 않을까 하는 생각이 든다.

어쩌면 그 이상을 갈지도 몰랐다.

그렇기에 계속해서 나간다. 그리곤 발견한다.

―취이이익?

―취익!

오크 넷. 아까와 같은 순찰조다.

'아쉬운데?'

다만 덩치나 기세로 봐서는 처음 상대했던 오크만은 못

한 느낌은 든다.

그래도 오크는 오크다.

다들 사람 몸통만 한 도끼를 쉽게 들고 다닌다. 근육질의 몸도 같다.

몸의 기척을 최대한 죽였음에도, 내 존재를 눈치채기라도 한 듯 여기저기를 살피는 것도 놈들이 보통은 아님을 보여준다.

'이번엔 내가 먼저 가 볼까?'

후욱―

숨을 죽인다. 조심스레 움직이기 시작한다.

―취이이익!

놈들도 뭔가 이상한 낌새를 눈치챘다. 하지만 내가 어디 있는 줄은 모른다.

다른 몬스터가 자신들을 노리고 있는 건 아닌가 생각이라도 하고 있는 듯했다.

어느 쪽이든 날 눈치 못 챘다는 건 좋다.

'어디 장난질 좀 쳐봐?'

문뜩 장난기가 든다. 이런 방식도 먹히는가 궁금하기도 했다.

떠오르면 해 봐야겠지.

스르르륵―

내 몸으로부터 화염이 뱀처럼 기어 나온다.

아주 조금씩. 압축된 화염이 길게 이어져 나간다.

스르륵 ―스륵―

내 의지를 받아 뱀처럼 기는 불의 뱀. 온몸이 화염으로 이루어진 뱀이 쭉 길을 돌아서 나의 반대편으로 간다.

그리고 순간.

화아아아악―

압축됐던 것이 퍼진다. 불이 거대하게 번지기 시작한다.

―취이이익!

저기다라고 말하지 않았을까.

주변을 살피던 오크들이 순식간에 화염을 향해서 달려든다.

거대한 화염을 보고도 주눅 들기는커녕, 달려드는 모습이 용맹하기 그지없었다.

그래도.

'뒤는 봤어야지.'

타앗―

놈들의 시선이 화염에게로 쏟아졌을 때. 내 몸이 쏘아져 나갔다.

뒤를 노린다.

콰즈즈즉―

어깨에서부터 복부에까지. 근육으로 이루어진 몸을 그대로 베어버린다. 순식간에 몸이 갈라진다.

—취아아아악!

비명. 화염을 향해서 쏘아지던 오크들이 순간적으로 멈춘다.

사람이라면 달려가던 속도의 반작용으로 뒤뚱거릴 만하건만, 오크들은 그런 것도 없었다.

갑작스럽게 멈추는 반작용을 몸의 근육을 이용해서 억지로 흡수해 버린 게 분명하다.

멈추자마자, 180도 몸을 돌리고는 바로 달려든다.

—취야아아악!

앞뒤도 안 가린다. 야생 그 자체. 빠른 반응이다. 역시 놈들답다. 기대했던 반응이다.

"좋아."

그대로 발을 박찬다.

쿠웅—

검에 몸이 갈라져 버린 오크의 시체가 그대로 누워버린다.

마지막까지도 도끼를 휘두르려 발악하다가 죽은 놈이다. 그래도 결국 몸이 갈라지고서는 놈도 방법이 없었겠지.

대신 남은 셋의 오크들이 복수라도 하겠다는 듯이.

후우웅— 후웅—

그대로 도끼를 휘두른다.

망설임 하나 없이!

그대로 나를 저 오크 시체와 똑같이 갈라버리려 한다.

검이 아니라 도끼로 갈려버리면, 그대로 곤죽이 나버리 겠지.

살짝만 스쳐도 파상풍일 거다.

그렇기에,

"이크……."

후우웅—

잽싸게 몸을 돌려 도끼를 피한다. 머리 위로 지나가는 도 끼의 날이 섬찟하기만 하다.

'빈틈!'

머리 위로 스쳐 지나가는 도끼를 꽉 쥔 손. 이어진 팔. 그 사이에 빈틈이 보인다.

도끼를 휘두른 다음에 나온 자연스러운 틈이다.

거기에 펜싱을 하듯 그대로 찌르기를 훅하고 넣는다.

화아악—

검 끝을 기준으로 화염이 소용돌이치듯 쐐엑 하고 돌아 가며 같이 들어가 찌른다.

콰즈즈즉—

겨드랑이에 그대로 찌르기를 하고 들어간 검은 위로 치솟는다.

어깻죽지를 꿰뚫고도 모자라 오크의 두개골에 가서야 멈춘다.

'아쉽군.'

큰 기술을 쓰지 않아서 그런가? 그도 아니면 힘이 부족했는지 두개골까지는 완벽하게 뚫지 못했다.

오크의 얼굴에 거대한 상처만 남겼을 뿐이다. 화상은 덤으로!

―취익!

후웅―!

잔뜩 인상을 찡그리면서도, 어깻죽지가 꿰뚫린 채로도 오크는 멈추지 않았다.

도끼를 포기하고는 반대편 정상인 팔을 이용해서 나를 잡아채려 한다. 이 정도 부상은 부상도 아니라는 듯하다.

몸통으로라도 부딪치려는 듯 부딪치는 기세가 심상찮다.

콰즈즉―

그대로 검을 빼어들면서 그대로 물러났다.

동료의 팔이 잘라져도 상관없다는 듯, 휘둘러진 두 개의 도끼.

내가 있던 자리를 그대고 쪼개버린다.

'미친 것들.'

처음 상대했던 오크보다 기교는 부족하다.

대신 놈들은 사나움이 있었다.

오크를 만만하게 보면 안 된다고 하더니, 정찰조마다 성격이 다른 듯했다.

어떤 놈은 기교, 어떤 놈은 사나움, 또 다른 조는 또 생각지도 못한 방식으로 달려들 게 분명하다.

무슨 31가지 맛을 고르는 것도 아니고, 성격이 다 이렇게 달라서야.

오크. 재밌는 새끼들이다.

재밌다고 져줄 수는 없지!

그대로 물러난 채로 달려든다. 검에는 아까보다도 더한 화염의 기운이 강하게 맺혀져 있었다.

아까는 기교 대 기교였다면.

'이번은 다르게.'

이번에는 사나움과 사나움으로 놈들을 상대한다.

기교에는 더 강한 기교로, 사나움에는 더 강한 사나움으로 놈들을 부서뜨릴 생각이었다.

전보다 큰 화염이 넘실거리건만.

—취이이익!

—취익!

남은 오크들을 잘도 달려든다.

그렇게 본격적인 오크들과 나의 전투가 시작됐다.

부족 하나와 나.

둘 중 누구 하나가 죽어야 끝나는 전투였다.

*　　　*　　　*

"흐응……."

주은영. 천정 길드까지 끌어들이고서도 그녀는 만족할 줄을 몰랐다.

옛 인연으로, 천정 길드의 정상수를 끌어들이긴 했지만.

'컨트롤이 안 돼.'

자신의 마음대로 상황이 이어지지 않고 있었다.

산에 호랑이가 사라지면 여우가 왕처럼 군다는 말을 그대로 증명하고 있달까.

어쩐 일로 그 노인네가 침묵을 지키고 있자 천정의 정상수는 아주 제대로 날뛰고 있었다.

처음 역할대로 자신은 어두움을, 천정은 밝은 쪽을 지배하는 게 맞았다.

그런데 지금은 상황을 살펴보니.

'뒤통수인가.'

천정이 어둠이고 빛이고 영역을 가릴 것도 없이 준비를 하는 기세다.

겉으로 드러나지는 않고 있지만, 눈치가 빠른 그녀의 눈에는 분명히 그 기세가 보였다.

'어쩐다.'

이대로라면 그녀가 그리는 대로 상황이 돌아가지는 않을 터.

어째 영원히 고통받고 있는 그녀였다.

'어디서부터 조종을 해야 하려나.'

그녀로선, 새로운 판을 짜야 할 판이었다.

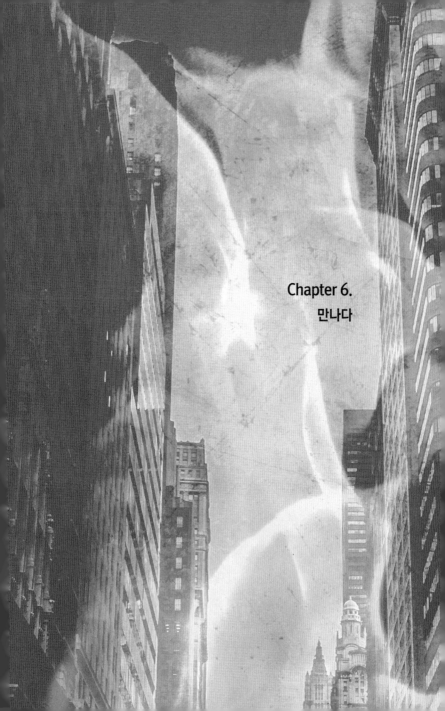

Chapter 6.
만나다

　격살 또 격살.

　조마다 다른 성격을 가진 오크들을 격살한 지 꽤 시일이 지났다.

　본래부터 맛있는 음식은 에피타이저부터 먹어야 제맛이라고 하지 않는가.

　나는 정찰대를 에피타이저 삼았다.

　아니 에피터이저라고 하기에는.

　'너무 진미인가?'

　하나하나가, 색달랐다.

　강하고 약하고를 떠나 각각의 색을 가진 전사들이라니!

유럽에 있는 오크들과, 미국에 있는 오크가 또 다르고.
같은 지역에 있는 오크라도 부족에 따라 다르다고 하더니!

지금 내가 홀로 상대하고 부수고 있는 오크 부족이 딱 그
랬다.

'왜 레이드로 쳐주는지 알 정도야.'

고작해야 오크일 수 있는 것들. 어쩌면 한 부족일진대,
어째서 이 부족을 레이드 급으로 쳐주는지 알 만했다.

부족 단위에서 벌써 이 정도 실력이라니!

이놈들이 씨를 뿌리고 번성하기 시작하면, 주변이 전부
오크들의 영역화 되지 않을까 싶을 정도다.

'아니, 분명 되겠지.'

안 그래도 번식 속도가 보통은 넘는 게 오크 아닌가.

빨간색 칠하고 와! 하면 강해지는 그런 오크…………
응?

하여간 오크들이 번성하기 시작하면 오크에 밀린 몬스터
들은?

자연스럽게 인간의 영역으로 쳐들어올 거다.

그렇게 몬스터들을 처리하고 또 하다 보면 언젠가 오크
들도 인간의 영역으로 넘어올 거다.

미리 말했다시피 오크의 번식력은 미쳤으니까!

금방 또 퍼져서, 인간의 영역을 넘볼 거다.

그러니 이놈들이 레이드 급의 몬스터로 인정을 받는 거 같다.

더 커지기 전에 어서 쳐 죽이라고 레이드로 쳐주는 거다!

그래서인지 보상도 꽤 후하다.

하기는 보상 따위가 중요한 게 아니었다.

—취아아악!

죽어가면서 내게 경험들을 안겨다 주는 오크 그 자체가 중요했다.

게임도 아닌데, 오크를 상대할 때마다 성장하는 느낌이다.

사나움, 포악함, 끈기, 투지.

그런 본능적인 것들을 뿜어내는 데 오크들은 주저함이 없었다.

있는 그대로를 뽑아낸다.

그걸 하나둘씩 검술에 녹여 담는다.

전투마다 조금씩. 조금씩.

천재는 아니기에 아주 일부만을 녹여 담는 정도지만. 그것만으로도.

스아아악—

검에 조금씩 형이 잡히기 시작했다. 바로 지금처럼.

아직 투박하다. 하지만 무조건적으로 폭발을 일으켜서

사용하는 방식에서 더 나아갔다.

'조절이 되지.'

필요에 따라 작게, 또 때로는 크게 폭발을 조절할 수 있게 된 건 기본.

강하게 힘을 줄 줄 아는 투박함과 또 때로는 버틸 줄 아는 우직함을 조금씩 심게 됐다.

단순히 이능력을 발휘하는 데만 그치는 게 아니라, 이능력의 응용이 점차 늘어갔다.

고작해야 정찰대를 처리하면서 경험을 쌓은 것만으로도 그 정도였다.

그게 마음에 안 들었을까?

—취이이익!

오크들이 점차 추격대를 붙이기 시작했다.

정찰대라고 해 봐야 잘해야 다섯 마리 정도인데, 그 수가 늘어났네?

한 번에 열 마리씩.

'딱 좋아.'

나로서는 난이도를 높이는 느낌이었다.

다섯에서 정확히 두 배 되는 숫자 열.

형(形)을 이뤄가면서 점차 발전해 가는 폭발검술의 실전 상대로 이만한 것들이 또 있겠는가.

"덤벼라 요놈들아."

검을 그대로 고쳐 잡는다.

오크들을 하나, 둘씩 넘기기 시작한다. 계속해서.

＊   ＊   ＊

더한 시간이 지나간다.

―취이이익

―취익!

오크들이 본격적인 추격 수준에서 벗어나 전체가 움직이기 시작했다.

단순히 수를 늘리는 정도만이 아니라, 본격적으로 부족 자체가 움직이는 거다.

전투상황이라도 된 듯 놈들의 움직임은 쉼이 없었다.

붙어서 다니면서 주변을 살피기를 게을리하지 않았다. 그러면서 내가 남긴 흔적들을 귀신같이 찾아다녔다.

내가 조금만 오래 휴식을 취할라치면.

―취이이익!

오크들이 나타나는 건 기본일 정도였다.

'말라 죽겠군. 그래도 경험이 되니…… 물러설 수도 없

고.'

오크들의 추격이 주는 위험. 그 가운데에서 느껴지는 스릴. 경험에 의한 성장.

그런 여러 가지 사이에서 아슬아슬하니 줄타기를 하는 느낌이다.

하기는 지금 상대하고 있는 부족.

'레이드 급이니 많지.'

고작해야 샴오크 같은 규모도 아니고, 무려 천 마리에 가까운 수를 헤아리는 오크 부족이었다.

암컷이나 새끼를 제외한다고 쳐도, 성장하면 전투 능력을 갖추다 보니 전투 인원이 많다.

정찰대, 전사, 정예전사, 족장.

이런 식으로 나눠만 봐도 같은 오크라고 해도 다 다른 게 오크다.

정찰대들을 수십 고꾸라트리니, 열씩 무리 지어 나오기 시작하더니. 이제는.

—취야아악!

정찰 나오는 오크들보다 머리 하나는 큰 전사 오크들이 나다니기 시작했다.

코스 요리에서 에피타이저 다음은 스프, 그다음은 슬슬

본 요리로 들어가지 않는가.

'실제로는 단계가 더 많긴 하지만…….'

이건 정말 요리가 아니니까. 슬슬 본진이 움직이는 거다.

내가 요 며칠 사이 휘저은 것만으로도 저들이 이런 식으로 나서서 날뛰는 것도 이해는 갈 만한 상황이었다.

'야생.'

사냥터는 약육강식 그 자체다.

몬스터라고 하더라도 사냥터 내에서 약하면 먹히는 건 기본이다.

몬스터는 인간에 대한 살인본능을 제외하더라도 자신들끼리도 잡아먹는 존재들이다.

강한 자가 약한 자를 먹고, 약한 자가 더 약한 자를 잡아먹는 게 기본이다.

동맹이고, 이해관계고 하는 건 전에 잡았던 고조나 옹이 특이했을 뿐이다.

협력 따위도 없고, 강했던 자가 약해지면 득달같이 달려들어서 잡아먹는 게 예삿일이다.

그러니 당하기 전에 눕혀야 했다. 부족의 힘이 더 약해지기 전에 나를 잡아 죽여야겠지.

저들 입장에서는 그게 생존을 위한 길.

그렇다고 해도.

"휘유…… 이건 너무한데?"

우르르르—

오크들 전체가 나를 따라잡아서 둘러쌀 줄이야.

정찰대 다음 전사, 그다음 정예나 주술사가 나오는 것도 아니고, 아예 부족 자체가 나와서 나를 감싸고 있다.

정말 순식간이었다.

처음에는 한 개의 조가.

—춰이이익!

—춰익!

덤벼들다가 그대로 사망했다.

지금까지와 마찬가지로 검술을 발전시키는 데 필요한 경험치가 되었을 뿐이다. 마치 게임처럼.

그 뒤로.

"어?"

쯔왑— 쯔왑—

공간 장치에 사체를 담을 틈도 없이 다음 조가 두 무리 도착했다.

그때 결정했어야 했다.

튀어? 아니면 상대해? 이 둘 중 전자를 택하는 게 좋았을지도 몰랐겠다.

잽싸게 나머지 사체를 담고, 두 개 조를 상대하기 시작하자.

'어어?'

두 개의 조가 다시 세 개의 조로, 세 개의 조가 네 개의 조로 변하는 건 순식간이었다.

인간처럼 통신 장치가 있는 것도 아닌데, 놈들은 쉽게 모였다. 지금까지 당한 것이 거짓말인 거처럼.

'주술이라도 쓰는 건가.'

오크들만이 가진 어떤 수단이 있는 게 아닌가 싶을 정도다.

나를 둘러싼 오크들은 인사도, 어떤 협상도 없었다.

몬스터답게. 본능으로 살아가는 그들답게.

—취이이이익!

도착하면 도착하는 대로 달려들기 시작했다.

후우우웅—

도끼를 휘두르는 건 기본.

"억! 반칙 같은 새끼!"

촤아아악—

갑작스럽게 저주 비스무리한 주술을 거는 건 덤이었다.

'씁! 젠장할.'

당황스러우리만치 빠르게 쏘아진 주술.

몸을 순식간에 쇠약하게 만드는 것이기라도 한 듯 순간

만나다 155

적으로 다리가 풀려버린다.

급하게 불의 기운을 돌린다. 온몸에.

그러자 몸에 있던 어떤 이물감이 사라지고, 다시금 몸이 정상으로 돌아오기 시작한다.

"으차!"

쑤왁—

저주인지 주술인지 모를 걸 이겨내는 게 조금만 늦었더라면, 머리 위로 스쳐 지나가는 도끼의 밥이 되었을 거다.

도끼도 주술도 모두 버텨내자. 바로 다음 단계가 온다!

나를 둘러싼 오크들. 그 오크들을 어깨 힘으로 밀어내면서 순식간에 당도하는 존재가 있었다.

—취약!

오크 전사. 그것도 정예.

보통 수십의 오크를 이끌고 다니는 오크 전사가 고작해야 열 몇 명의 전사를 데리고 왔다.

눈가에 길게 흉터가 난 놈은 기세가 예사롭기 그지없었다.

내게 원한이라도 있는 듯.

'내가 저놈 부하 중에 하나라도 쳐 죽였나?'

살기를 강하게 내뿜으면서 달려드는 오크 정예 전사였다!

여기서 밀릴 수는 없지!

─취약!

도끼가 아니라 거대한 검. 인간이 쓰는 것보다 몇 배는 큰 시미터를 들고서 달려드는 놈에게 질 생각은 없었다.

무식한 힘에는, 힘으로 상대하고 있는 나 아녔나.

기교면 기교에, 사나움에는 사나움으로 답을 해 왔다. 언제나.

그렇기에 저 무식한 힘에 나도 힘으로서 답을 했다.

쯔─아아아아악!

지금까지 봉인하듯 아껴 왔던 기운을 풀어냈다.

순식간에 화염이 검을 둘러싼다. 검의 형상이 부풀어 오르듯 커지기 시작했다. 이내 놈의 시미터보다도 더 큰 검이 된다.

─취야아아악!

그 장면을 보면 겁을 먹을 법도 한데, 오크 전사는 더욱 검을 꽉 쥐고서 달려든다.

'제대로 해 주마.'

검과 검이 부딪친다.

콰아아앙!

한 번의 부딪침에도 큰 충격파가 발생한다.

주변에 있던 오크들의 괴성이 잠시 멎을 정도다.

나로선 손이 얼얼할 정도의 부딪침이었다.

'이득인가? 손해?'

잽싸게 상대편을 바라본다.

─취이익……

상대 오크는 용케도 검을 쥐고 버텼다.

그래도 나는 손이 얼얼한 정도인데 반해 놈은 패착이 분명 있어 보였다.

인간 몸체만 한 검은 반쯤 날이 나가 버렸다.

정면으로 내 검을 받은 부분의 날은 아예 치이익거리며 연기가 날 정도였다.

그리고 가장 중요한 건 전사의 몸.

겉으로 봐서는 멀쩡하지만, 하나의 핏줄기가 투박한 어금니 사이로 흐르고 있었다.

'내상이군.'

겉은 멀쩡해도 속에 난리가 난 게 분명하다.

단 한 번의 부딪침만으로 정예 전사에게 그대로 타격을 준 거다.

그야말로 만족스러운 성과.

오크들에게도 뭔가 느껴지는 바가 있는 걸까?

─취이이익.

놈들의 기세가 조금은 줄었다.

저 정예 전사. 오크들 사이에서 꽤나 대단한 존재였을 것이 분명하다. 그러니 저 전사가 다치는 것만으로도 기세가 죽었겠지.

내가 아무리 죽여대도 기세를 유지하던 아까까지와는 전혀 다른 모습이었다.

이를테면.

'다음 대 족장 후보라도 되지 않았을라나?'

싶을 정도였다.

이대로 기세를 가지고 놈들을 죽이면 된다고 여기고 있을 때.

'바로 행동하자.'

그 기세를 이용해서.

스아아악—

당황해하는 오크 하나의 멱을 그대로 따버리는 그 순간.

"허?"

메인 디쉬가 떴다.

*   *   *

크르르르—

진짜! 진짜가 나타났다!

몬스터. 오크들 같은 부족 단위의 몬스터는 선두에 대장이 나선다더니.

인간과 다르게 솔선수범하는 건 알겠다. 그래도 이건 생각 이상이잖아?

'저게 오크냐?'

아까의 오크도 더 컸는데 놈은 더 컸다.

아까의 전사는 별거 아니라는 듯이, 그래 봐야 족장 후보지 족장은 아니라는 걸 말하는 듯 어마어마했다!

와, 진짜 오크가 아니라 오우거인가 싶을 정도다.

보통 오크의 거의 두 배는 됨 직했다.

'피부는 왜 저러는데?'

오크는 녹색이 아니었나. 저건 어째 녹색이라기보다는 붉은색에 가깝다. 내 눈이 이상하지는 않은데? 그런데 몇 번을 봐도 그리 보인다.

'재수 옴 붙은 건가.'

변종일 확률이 높다.

이 부족에 변종은 없을 거라고 여겼는데, 내가 없던 사이 생긴 건가?

아니면 정보 부족?

어느 쪽이든 내 눈앞에 저런 오크 놈이 있다는 게 문제겠지!

"씁……."

—크와악!!!

　후우웅—!!!

　퍼억—

　나를 공격한 게 아니다. 방금 전까지 상대하던 전사를 퍽 하고 친다.

　힘이 얼마만큼 센 건지, 오크 전사가 훅하고 날아간다.

　내게 당해서 핏줄기를 흘리고 있었다지만 무게는 그대로 아닌가. 그걸 한 방에 날리다니.

　꿀꺽.

　'이 미터는 되는데!'

　대체 힘이 어느 정도라 이거냐.

　전사가 날아가는데도, 다른 오크들은 전사를 받을 생각 도 않았다.

　대신 그대로 물러나 자리를 만들었다. 즉석에서.

　자신들이 둘러싸서 거대한 원을 만들어내는데, 마치 신 성한 대결장을 만들어 내는 느낌이었다.

　'뭐냐 이거.'

　오크들이 이런다는 정보는 없었는데, 이놈들 본격적이 다.

　—취익!

　—취이이익!

구호라도 되는가.

쿠웅— 쿵— 쿠웅—

박자를 가진 듯 쿵쿵하고 땅을 친다. 그게 묘한 울림을 가지고 있다. 나도 모르게 심장이 두근두근 뛰게 될 정도다.

심장이 두근거리는 상태 그대로 서로를 바라본다. 집중을 한다.

—치익……

"후."

위에서 나를 내려다보는 놈.

분노를 가득 담고 있었다.

'어쭈?'

보디빌더가 세밀하게 계획해서 만든 것보다도 더한 근육을 과시하듯 움직인다.

조였다가, 풀었다가를 반복하는데 그 장면조차 묘하게 시선을 끈다.

극한으로 단련된, 야성이 살아 숨 쉬는 몸 그 자체가 주는 매력이 분명 있었다.

나도 질 수 없다는 듯 검을 곧추세우고. 화염을 불러일으켰다.

화염이 검에 집중되고, 팔에 스며들며, 다리의 끝은 갑옷이라도 된 듯 감싼다.

본래 가지고 있는 장비들에 화염의 기운이 덧입혀졌다.

'준비 완료.'

놈도 내 힘을 일부 느끼는 듯, 집중을 하기 시작했다.

묘한 대치가 이어진다.

서로를 노려보고 거리를 두며 빙빙 돌고 있다.

탐색이다. 그래도 선공 필승이 아닌가.

타앗—

이쪽에서 바로 몸을 날렸다.

*　　　*　　　*

오크 족장은 피하지 않았다. 나 따위는 얼마든지 받아낼 수 있다는 듯 묵직하니 자리를 지킬 뿐이었다.

'손해 볼 거다.'

파앙— 파앙— 팡!

몸을 움직일 때마다, 다리에서 불이 인다.

느낌이 아니라 말 그대로 불길이 인다.

그 불길이 일 때마다 폭발이 일어나고, 폭발은 다시 추진력으로 변환된다.

폭발이 일어날 때마다 힘과 속도가 상승한다.

그 힘을 그대로 이용해서 점프!

위로 훅하고 올라온다.

나보다 두 배는 큼직한 오크 족장의 머리를 그대로 노린다!

—취이익!

가소롭다는 듯 오크가 도끼를 훙—하고 휘두른다.

그대로 부딪침!

콰아아아앙!

도끼와 검이 부딪친다. 충격파가 인다.

오크 족장이 서 있던 땅이 패고 갈라진다. 어마어마한 충격!

그리고 그 충격은 내게도 유효했다.

"크웃……."

오크 족장에게 솟구친 게 금방인데, 내 몸도 통제를 벗어났다.

반작용을 받기라도 하듯 금세 뒤로 내팽개쳐졌다.

'젠장.'

치이이이익—

잽싸게 불길을 생성했다. 불을 이용해서 속도를 줄이지 않았더라면.

—취이이익

―취익!

뒤에서 콧김을 내뿜고 있는 오크들 사이로 그대로 내팽개쳐졌을 거다.

상황을 보아하니, 오크들 사이에 뚝 하고 떨어진다고 해도 공격은 안 할 거 같긴 했다. 결투장을 만드는 거 자체가 족장과 나의 일대일을 원하는 느낌이었으니까.

그렇다 해도 오크들 사이에 들어가는 게 기분이 좋을 리 없지 않나.

게다가.

'……밀렸네. 시불.'

한 번의 부딪침이지만 분명 밀렸다.

방심한 것도 아니고, 최상의 힘을 갖춰서 날린 공격이었다.

온갖 기술들을 제치고 검술만으로 상대한 거기는 하지만, 이렇게까지 밀릴 줄이야!

생각도 못 했던 부분이다.

―크흐흐.

"웃냐?"

놈도 내가 밀렸다는 걸 확실히 알고 있었다.

젠장할 것.

아직 미완성의 검술만으로는 안 된다 이거냐? 그래도 이쪽도 오기가 생겼다 이거야!

한 번에 안 되면, 두 번, 두 번에 안 되면 세 번으로 부딪치는 게 나라고!

'어디 제대로 해 보자.'

손해를 보든 말든. 다시금 몸을 날렸다!

* * *

덩치가 크니 아래를 노려볼까?

흔히 말하는 아킬레스건이라도 끊어버리면, 신장 차이가 줄어들지 않을까.

바로 실행했다.

몸을 숙이면서, 그대로 전진. 아킬레스건은 못 돼도 다리라도 끊어버리려 검을 휘두르려는 순간.

후웅―

위에서 아래로 쪼개듯 내려쳐지는 도끼가 있었다.

'씁.'

내가 파고들어 다리를 상처를 내는 것보다, 도끼가 더 빠를 상황이다.

타앙―

어쩔 수 없이 땅을 박차 물러난다.

머리, 다리 패스. 정 안 되면 몸통이라도 노려볼까 싶지만.

—크르릉⋯⋯

콧김을 잔뜩 내뿜으면서, 자세를 잡는 오크 족장을 보아하니.

'틈이 없네.'

어디 하나 뚫고 들어갈 틈이 없다.

제일 강한 자가 족장을 하는 오크다웠다.

정찰병들이 가지고 있는 사나움, 근성, 투기. 오크 전사들이 가지고 있는 기교.

그런 것들을 전부 가지고 있는 게 족장이었다.

거기다 변종이기까지 하니 예사롭지 않은 놈이다.

지금까지 배운 모든 걸 다 합쳐놓은 놈이다. 어쩌면 그 이상.

'무슨 복합체도 아니고.'

쓥. 확실히 예상 이상의 난이도인 놈이다. 그러니 몸통은 패스.

남은 건 역시 체력전인가?

역시 같잖게 머리 쓰는 건 안 되나 보다.

이거 원 다리고, 몸통이고 뭐고 머리 써서 노리려고 해도 되는 게 없지 않나.

결국 근성. 또 근성이다.

"될 때까지 해 보자 새꺄!"

—취이익!

콰앙— 쾅— 콰앙!

공기를 가르고 계속해서 부딪친다.

몸이고 뭐고 가릴 것도 없이 일단 갈겨 본다.

후우웅—

도끼가 쪼갤 듯 다가오면, 그 도끼에도 갈겨버린다.

화염을 계속해서 뿜어가면서 쭉!

          *   *   *

시간이 얼마나 지난 걸까?

—취이익!

"하악…… 하."

놈은 탱커라도 되는 듯 쓰러지지 않는다.

변종이 되면서 얻은 능력이 탱킹 능력이 아닌가 싶을 정도다.

—취익.

—취이익.

오크들은 그런 우리들을 사이에 두고도 여전히 집중을 하고 있었다.

마치 승자가 결정 날 때까지는 자신들이 망부석이라도 된다는 듯한 모습이다.

저런 걸 두고 누가 몬스터라고 할까.

고조나 웅도 그러하고, 몬스터들이란 것들. 깊이 들어가면 생각 이상의 존재들일지도 모른다는 생각이 문뜩 스쳐갈 정도였다.

그래도 우선은 서로가 서로를 죽여야 할 상황이 아닌가.

이 숲이 콜로세움같이 느껴졌다. 전사들의 전투. 힘과 힘으로 이야기하는 전투.

두근—

"후우……."

심장이 고동치듯 울리고, 숨은 벅차게 차오르지만 다시 검을 고쳐 잡았다.

나와 족장의 지속적인 부딪침.

나로서는 계속되는 도전. 그걸 막아내는 오크 족장의 끈질긴 근성.

그것들의 끝이 결국 다가오고 있는 것이 느껴졌다.

더 소모전을 펼쳐 봐야, 말 그대로 소모만 하는 전투일 뿐이었다.

그걸 둘 모두 확실히 느꼈다. 이대로는 결착이 나지 않는다.

크게 한 방. 모든 걸 실은 한 방을 날려야 했다.

말도 통하지도 않지만 둘 모두 그걸 확실히 알았다. 또한 서로 같은 생각을 하고 있음을 알았다.

한 방에 결착을 내야 하기에, 둘 모두 자세를 잡는다.

쿠웅. 쿵.

바닥이 울린다.

흡사 스모 선수라도 되는 듯 오크 족장이 어깨너비로 양발을 벌리고, 바닥을 친다.

내 몸보다 거대한 도끼를 한 손으로 잡고는 다른 한 손으로는 주먹을 쥔 묘한 자세를 취한다.

자기만의 공격방식인 듯했다.

지금까지 놈이 족장의 자리를 유지할 수 있게 해 준 강한 필살의 한 방일지도 몰랐다.

그 자세를 보자, 지금까지 조용하던 오크들이.

쿠웅—

쿠우우웅—

쿠웅—

또 바닥을 치기 시작한다. 미묘하게 심장박동보다 조금 더 빠른 울림이다. 울리는 공기가 나를 들뜨게 한다.

분위기가 고조된다.

나라고 해서 질 수가 있겠는가.

터질 듯한 심장, 가빠 오는 호흡을 애써 무시한다.

소모전을 벌이면서 사라진 기운들을 무시한 채로 남은 기운들을 갈무리한다.

화아아아악—

'아직 할 만해.'

많은 기운들이 사라졌지만, 할 만하다는 생각이 들었다.

무작정 벌였던 난타전. 기술을 썼더라면 더 쉽게 전투를 진행할 수 있겠지만, 후회는 없었다.

설사 여기서 밀린다고 하더라도, 나는 할 수 있는 최선을 다했다는 느낌이었다.

저런 전사를 그 어떤 기교로 상대하는 거 자체가 모욕이다.

그렇기에 그 어떤 다른 기술도 사용하지는 않는다.

대신 검에 모든 것을 집중한다.

가장 기본에 충실하게.

불의 기운을 불어 넣고, 압축하고, 집중하고. 그리곤.

타앗—

버티듯 서 있는 오크 족장에게로 다시 몸을 짓쳐든다.

—취이이익!

족장은 피하지 않았다.

달려드는 나. 그걸 받아들이는 족장.

처음 충돌을 했던 그 장면과 별로 달라 보이지 않는 장면
이다. 하지만 전과는 달랐다. 이번에는 뒤가 없었다.

오로지 공격.

둘 중 누구 하나 피할 생각이 없는 부딪침이었다!

오로지 전력. 누군가 하나는 쓰러질지언정, 물러나지 않
을 싸움이었다.

"죽엇!"

—취익!

콰아아아아아앙—!

결국 부딪친다. 서로의 모든 것을 걸고.

놈의 도끼가 얇디얇은 검보다도 더 빠르게 나를 향해서
짓쳐든다.

그에 대응하는 나.

'비튼다.'

불어넣고, 압축하고, 집중했던 그 모든 기운.

더는 어찌 안 될 거 같았던 그 기운을 한 번 더 비튼다.

이미 정형화된 기운에 더 폭발력을 가지라며 비틀고 또 비튼다.

오크들이 보였던 사나움, 근성, 투지.

그런 모든 것들을 다 녹여내라 말한다.

새로운 그 무언가로 나타나길 바라면서 끊임없이 비튼다.

지금까지 얻었던 모든 노하우를 발휘하듯, 이미 정형화되어 버린 기운을 비틀어 버리는 미친 짓을 해 버린다.

검에 실린 기운이 반발하듯 저항을 해 온다.

기운이 반발해 오는 건 오랜만이다. 하지만.

'들어라!'

어떻게든 의지를 곧추세운다. 반발력 따위 애써 무시한다.

그대로 부딪친다.

이 기운의 '비틂'.

아니, 비틂이라 말하지만 새로운 무언가로 나아가는 게 실패를 한다면 뒤는 볼 것도 없다는 듯, 나는 족장의 도끼를 피하지 않았다.

마지막에 마지막까지. 의지를 불태울 뿐이었다.

이빨을 으드득 갈았다.

'돼라. 돼라. 돼라.'

의지에 따라야 하는 기운이건만, 계속해서 반항한다. 더는 할 수 없다고!

후우우우웅―

족장의 도끼가 거의 내 검에 도달할 때까지도 기운들은 저항하기를 멈추지 않았다.

내 기운임이 분명한데, 이 상황에서 어찌 더 하냐는 듯 따지듯 반항한다.

그 저항을 애써 억누른다.

'……녹아버리라고!!'

도끼가 다가오는 마지막의 마지막까지 의지를 곧추세우는 그 순간!

화아아아아아악―

화염으로 둘러싸였던 검의 기운이, 새롭게 날개를 펼친다!

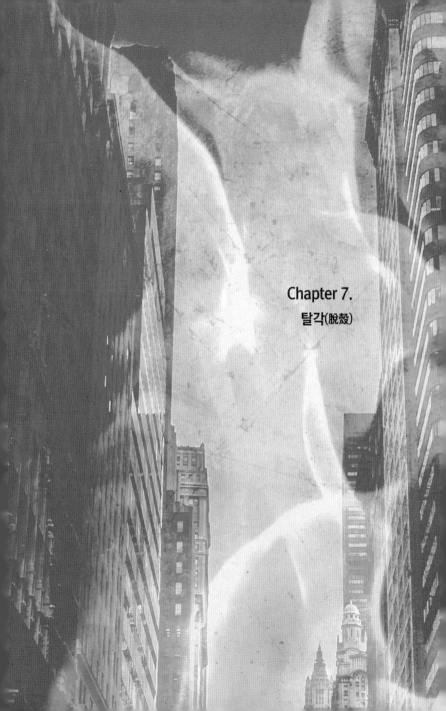

Chapter 7.
탈각(脫殼)

파삭—

안에서 무언가 깨지는 느낌이 들었다.

탈각(脫殼)이라고 해야 할까. 전에는 껍질로 싸인 알에 들어 있었더라면, 지금은 알을 깨고 그 바깥의 신세계를 본 느낌이었다.

불의 기운이 그런 나를 호응하듯 따라온다.

맞추듯이 검이 변화한다.

지금까지는 검에 억지로 기운을 불어넣고, 압착해서 사용했다면. 지금은.

'전혀 달라.'

검에 기운을 사용하는 게 너무나도 자연스럽다.

기운을 불어넣는다. 집중한다. 압착한다.

그런 단계를 생각할 필요도 없을 정도였다. 너무도 자연스럽게, 본래 그래야 했던 것처럼 검의 기운이 호응한다.

지금 이대로라면 나의 의지 그대로를 따를 듯한 느낌.

억지로 기운을 사용했던 지금까지와 달리, 물 흐르듯 자연스럽게 움직인다.

불의 기운인 주제에 물 흐르듯 자연스럽다는 게 웃긴 소리지만, 정말 그랬다.

조금만 힘을 줘도.

후아아아―

전보다 높은 효율로 기운이 움직여 준다.

전에도 제대로 움직이고 있다 생각했는데, 이건 전혀 차원이 다른 느낌이었다.

지금까지의 성장. 여태까지의 많았던 깨달음들. 앞으로 나아가야 할 길.

과거. 현재. 미래.

그 모든 것들을 한 번에 본 느낌이었다.

깨달음이 완전히 녹아 검에 깃들었다.

'……이게 이렇게 되나.'

손이 길게 이어진 게 검인 듯, 검이 마치 내 한 몸과 같이 느껴진다.

신검합일? 그런 건지는 모르겠다.

그래도 전과는 달랐다.

단지, 전에는 억지로 불어넣었던 기운들이었는데 이제는 내 몸에 기운을 사용하듯 통한다.

오로지 검.

이능력자로서 불을 이용한 능력에만 치중하는 거보다는 검에 집중한 결과로 이런 걸 얻을 줄이야.

단기간에 이게 되는 건가?

왠지 꿈을 꾸는 게 아닌가 싶은 생각이 들 정도다. 상상 이상의 결과다. 그리고 그 결과를.

'지금 확인해야겠지.'

스아아악—

검에 기운을 불어 넣는다.

그 짧은 촌각의 사이에도 오크 족장의 거대한 도끼는 나에게 거의 도달해 있었다.

잘해야 30—40센티. 그 짧은 거리를 두고 다가드는 도끼.

후웅—

공기를 가르는 소리가 아찔하기 그지없어야겠지만, 되려 마음은 평온했다.

미쳐서? 그럴 리가.

반발하듯 터져 나오던 검의 저항력이 사라져서 그럴 거다.

내 안에서의 반발이 줄었는데, 평온해지지 않으면 그게 더 이상하지 않은가.

'후발선제.'

라는 말이 이해가 갔다.

놈이 휘두른 도끼보다는 훨씬 늦었지만.

스칵—

어떠랴. 그대로 베어버리면 되는 것을.

으깨지는 소리도, 저항감도 없었다.

'벴다.'

단지 확실한 건 하나. 베었다.

도끼가 그대로 잘렸다. 강한 힘으로 내리찍은 도끼인데도 저항감 따위는 없었다.

투웅— 쾅!

반으로 갈라져 버린 도끼의 날 하나가 땅에 떨어진다.

아직 도끼자루와 이어져 있는 남은 부분도 함께 떨어져 땅을 팬다.

—취익!?

당황하면 현실을 인정 못 한다던가. 순간적으로 당황하는 오크 족장이다.

태어날 때부터 함께했을 도끼가 그대로 잘리는 건 상상
도 못 했겠지.

일 초. 이 초. 다시 삼 초가 되려는 순간.

—취이이익!

상황을 파악해 냈다.

쿠웅—

도끼를 버린다. 동시에, 왼손으로 나를 잡아챌 듯 덮쳐온
다.

'의외네. 자식.'

무기고 뭐고 가리지 않고 달려드는 것. 주먹이라도 있으
면 싸우려 드는 것. 몬스터다운 반응이다.

하지만 실망스러웠다.

내게 깨달음의 계기를 준 놈이라면, 마지막까지 도끼를
들었어야지!

이제 막 흥이 달아오르려는 참인데, 이게 뭔가!

그래도.

'흠? 한 수는 있다는 건가.'

흉포한 빛을 뿜어내는 오크 족장에게 뭔가 남은 한 수가
있기는 했다.

놈이 두 주먹을 치켜들면서,

—취야야아아아악!

크게 외치는 그 순간!

—취익!

—취익!

몬스터들답지 않게 잘도 버티던, 오크들에게 광기가 깃들었다.

*　　*　　*

좌악—

저항감도 없이 자른다.

—취익.

하나의 오크가 쓰러진다. 마지막 단말마. 그 오크가 흘린 피가 주술이라도 걸린 듯 흡수되듯 어디론가 움직인다.

더 집중할 틈도 없었다.

—취익!

다른 오크가 달려든다.

집단 광기에 휩싸인 오크는, 자신들의 생명을 도외시한 채로 계속해서 달려들고 있었다.

'무리라 이거지?'

광기에 휩싸인 부족이라니.

죽음을 도외시하는 게 보통은 전투력 상승을 불러일으키

지만. 현재의 내가 보기에는 영 아녔다.

'일반적인 헌터나 그러겠지.'

자신의 힘. 어쩌다 얻은 이능력을 제대로 갈고 닦지도 않은 이능력자들.

그런 헌터들은 죽음을 도외시한 오크들의 광기에 당황하다 못해 당할지도 몰랐다.

힘의 응용 수준이 낮으면 이런 막무가내 공격에 당할 수밖에 없다.

하지만 그건 어디까지나 하급이나 중급들의 이야기.

상급을 넘어가면서부터는 전혀 다른 수준에 이른다고 하더니, 이제는 알 수 있을 거 같다.

이능력을 갈고 닦고 힘의 응용을 제대로 할 줄 알게 될 때부터는.

'……쉽다.'

저렇게 광기를 일으키고 달려드는 공격 자체가 오히려 더 쉬웠다.

오크로서 타고난 육체. 거기에 더해진 광기.

그건 차라리, 전에 도끼를 다룰 때보다 훨씬 못한 모습이었다.

차라리 도끼를 휘두르고, 오크 나름의 기술을 보일 때가 더욱 강했다.

지금은 되려 수준이 낮아졌다.

'……후.'

아주 싸늘하게 식는 느낌이다.

헌터가 이능력을 고를 수 없듯 변종도 자기 이능력을 고를 수는 없다고 하더라도 이건 너무하잖은가.

—척……

오크 하나의 멱 줄기를 딸 때마다.

야생의 멋도 없이 본능만으로 휘두르는 오크의 도끼를 피하고, 배에 칼침 한 방 크게 놓을 때마다.

오크 하나가 덧없이 쓰러진다.

쓰러진 오크의 피.

생명력의 상징과도 같은 그 피는 자연스레 하나의 존재에게로 흘러 들어간다.

오크 족장.

놈이 그 주인공이었다.

놈이 괴성을 지를 때부터, 오크들은 광기에 젖었다. 광기에 젖으면서부터 이 상태다.

미친 듯이 달려든다. 마치 내 힘을 빼려는 것처럼.

허나 그대로 죽어버린다. 전보다 더 쉽게!

그럼 그 피는 오크 족장에게로 가서. 그의 피부를.

—크르르륵.

더욱더 짙은 붉은 빛으로 만든다.

그 빛이 더해지면 더해질수록 놈은 더 흉포해진다. 광기가 더해진다. 더욱 덩치가 커진다.

어째 오크가 오우거만 한 덩치를 가졌나 했더니.

'저게 특수능력이었어.'

자기 자신의 종족을 잡아먹고 크는 걸 줄이야.

아무리 몬스터라지만 이건 너무 웃기지 않은가.

일대일의 대결에서 내가 놈을 존중하고, 끝까지 검을 들이대며 기술을 자제했던 것은 그게 놈의 격에 알맞을 거라 여겨서다.

가장 하위의 정찰대라고 하더라도 자기만의 방식으로 달려들던 오크들이었기에.

정예전사라 하는 오크도 한 방에 밀려날지언정, 끝까지 버티며 서 있었기에 그걸 존중했던 거다.

오크 족장이라고 하면 당연히 정찰대, 전사 그 이상을 보여줄 거라 봤으니까!

그런데 저건 뭔가!

족장인 주제에 뒤로 숨는다. 자신의 부족을 앞으로 내몬다.

자기가 이끌어야 할 부족을 지키지 않는다.

흡사 인간들의 정치가. 아주 썩다 못해 고여 버려 구역질이 나오는 그런 자들을 보는 느낌이다.

찌질한 나조차도 내 길드원들을 이끌 때는 가장 앞을 지키건만.

몬스터 중에서도 전사라고 불리는 오크가 저럴 줄이야.

'썩을 놈.'

맛있는 코스 요리를 먹으러 왔다가, 마지막에 쓰레기 맛을 본 느낌이다. 입이 쓰다 못해 구역질이 난다.

그럼에도 결착을 지으려.

―취이이익!

"……그만 가라."

샤악―

계속해서 달려드는 오크의 목을 벤다.

반복하고, 또 반복한다. 계속해서 베어나가며 길을 만들어간다.

한 걸음에 오크 하나.

때로는 둘 셋을 함께 베어 버린다.

천여 마리를 헤아리는 거대 부족에 장송곡을 아로새겨주듯 하나씩. 하나씩.

오크들을 베어가며, 복습하듯 새로운 깨달음을 점차 몸에 녹여낸다.

이곳에서 얻은 모든 것들의 정화를 검 하나, 하나에 담아

낸다.

그리곤 이내.

—크르르륵.

어지간한 오우거들은 찜 쪄 먹을 만큼 거대해진 오크에 마주 선다.

아니 놈은 오크이기를 벗어난 놈이었다. 족장도 아녔다. 자기 부족의 피로서 만들어진 괴수 그 자체일 뿐이었다.

일반 오크들에게도 검을 휘둘러, 손수 상대를 했지만.

'그럴 가치도 없다.'

놈에게는 오크들로부터 얻은 검, 새로운 깨달음을 사용할 가치조차도 느껴지지 않았다.

검이 아닌 힘 그 자체.

힘으로 짓눌러주는 것이 괴수 같은 놈에게는 가장 잘 어울리는 최후라 여겨졌다.

—크르릉?

"……죽으라고."

거대함에는 거대함으로.

화르르르륵—

불꽃을 만들어 낸다. 거대한 불꽃을.

'검이 아니라 다른 것에도 통하네.'

전보다 더 효율적으로 불타오르는 기운은 순식간에 뻗어

나가 이내 오크 족장보다도 몇 배는 더욱 커졌다.

누가 본다면 거대한 불꽃이 순식간에 뿜어져 나왔다 볼 거다.

그 불꽃에.

'변해라.'

타오르는 의지를 집어넣는다.

화악—

의지를 따라 순식간에 변형되는 불꽃.

화려하게 타오르기만 하던 불꽃이 거대한 뱀의 형상을 갖춘다.

그 뱀이 그대로 내리꽂힌다!

—크와아아앙!

동족을 잡아먹어, 억지로 힘을 키운 오크 족장에게로!

불의 뱀. 거대한 형상에 잔뜩 벌려진 입. 그 사이로 보이는 거대한 이빨.

그것을 막으려 온몸의 근육을 잔뜩 부풀리고서는 달려들어 보는 변종 오크!

흡사 신화 속 히드라와 싸우는 헤라클레스처럼, 뱀의 목을 조여 버리려 하지만.

"늦었다."

지금 이곳은 신화 속 한 장면이 아니었다.

헌터. 아니 탈각해서 더 위로 나아가고 있는 나.

그리고 자신의 종족을 잡아먹고도 어설프게 힘에 적응하지 못한 오크 족장만이 있을 뿐이었다.

—쉬이이익!

나를 대변하는 거대한 뱀이 그대로 오크 족장을 휘감는다.

조이고 또 조인다.

—크아아아아앙!

온몸을 불태우고, 지진다. 화염이 번뜩이며 놈을 갉아내 버린다.

그렇게 조여 대며 오크를 압박하기를 한참.

—쉬익!

마지막은 화려하게 장식하겠다는 듯, 오크를 조인 상태 그대로 뱀의 머리가 그대로 오크의 머리를 덥썩 물어버린다.

*　　　*　　　*

샤아아악—

거대한 화염의 뱀이 내 몸으로 스며들듯 들어온다.

기운이 다시 들어옴으로써 몸에 충족감이 차오른다.

동시에.

투욱. 툭.

머리와 몸통이 두 조각 나버린 오크 족장의 몸이 바닥에 해치듯 떨어진다.

—취이익!

그제서야 광기에 젖어 있던 오크들이 제정신을 찾는다.

처음에는 당황을. 그다음엔 상황 파악을 해낸다.

누가 저런 오크들을 보고 몬스터라고만 칭할 수 있을까. 저들도 저들의 나름의 방식으로 살아가는 존재다.

하지만.

—취이이익!

—취익!

이 세계에 갑작스럽게 나타났을 때부터 인간에 대한 맹목적 증오를 가져온 존재들이기도 했다.

자신의 목숨을 도외시하는 광기는 전보다 분명 줄었다.

—취이익!

쿠웅— 쿵—

지금 내게 집단으로 달려드는 것도 광기라 말할 수 있겠지만.

'종류가 달랐지.'

족장에 의해서 달려들던 것과는 확실히 종류가 달랐다.

일반적인 몬스터의 대응. 사람에 대한 적의. 일반인이 보면 무서워 바닥에 주저앉을지도 모를 딱 그런 정도.

하지만 내게는 적응이 된 그런 광기였다.

오크들이 도끼를 들고 달려들기 시작한다.

—취이익!

이제는 익숙해져 가는 콧소리를 잔뜩 내면서.

두고 갈 수는 없지 않은가?

가장 마음에 안 드는 족장부터 처리를 했지만, 순서 차이일 뿐이다.

차아악.

손의 일부가 된 듯 확 달라붙는 검을 고쳐 잡았다.

'사제가 이런 기분을 느꼈었나.'

사제 정우혁.

그가 달밤에 보였던 그 묘한 검무를 지금이라면 흉내 낼수 있을 거 같은 느낌이다.

아니 사실 흉내를 낼 필요도 없었다. 그와 나는 서로 다른 길을 가고 있으니까.

어쨌건 좋다.

"마무리하자고!"

홀로 했던 미친 짓. 일인 레이드를 마무리할 때가 왔다.

아주 깔끔하게!

                    *   *   *

김기환이 없는 자리를 대행하는 건 운이철이었다.

전반적으로 사람들을 끌어들이는 것은 김기환이라고 하더라도, 실질적인 잡무는 운이철이 맡아 왔지 않나.

큰 파열음 없이 순조로웠다.

"이서영 씨는 당분간 수련이 필요하다 이거지요?"

"예."

"흠. 손이 많이 필요하긴 하지만…… 어쩔 수 없겠죠. 그대로 진행하셔도 됩니다."

수련이 필요한 자들에게는 수련을. 분석이 부족한 자들에게는 또 분석을 해줬다.

파티 단위의 사냥? 전보다 방해가 많기는 했지만, 어떻게든 돌렸다. 운영비라도 빼야 할 거 아닌가.

그러고도 사람이 많아지다 보니 남는 인원이 조금 있었다.

"여어! 좋은 아침! 오늘따라 해가 밝은데? 아주 번쩍번쩍해!"

"야 새꺄! 놀리지 말라고!"

"놀리다니?! 무슨!"

"……하지 말라고 했다?"

바로 허웅과 마동수 같은 자들.

지금만 해도 봐라.

이능력이 강해지면 몸이 건강해진다는데, 강해질수록 어째 밝아지는 허웅. 그를 두고 아침부터 마동수가 놀리는 것만 봐도 꽤 여유롭지 않나.

"왜에. 아침이면 해가 밝지!"

"이 새끼가! 아침부터 머리를 가지고!"

"어허이!"

허웅이 무서운 속도로 달려든다.

고오오—

얼마나 힘이 남아돌면, 달려드는 허웅의 뒤편으로 그대로 이능력을 사용!

갑작스런 중력으로 솟구친 허웅을 빨아들이기 시작한다.

"으억…… 시불. 이능력이냐!"

"네 몸은 자체가 이능력이라고!"

아침부터 힘이 넘치는 둘.

둘은 사냥을 나가고 싶어도, 당장은 파티에 낄 상황이 아니었다.

손발은 맞추는 것도 좋지만 아직은 때가 아니랄까.

그렇다 보니 이러고 있는 거다. 초딩처럼 유치하게.

"푸하하핫! 어디 빠져나와 보시지!"

"크흐…… 너 이 새끼! 잡히기만 하면! 엉?"

여전히 길드의 개그담당인 둘이 아침의 시작을 난장판으로 만드는 그 때.

"흠흠…… 아침부터 뭐하시는지요?"

그 둘에게 있어서는 사신이나 다름이 없는 운이철이 어느새 모습을 드러냈다.

"어어?"

"쿳. 무슨 일이십니까?"

운이철을 보자마자, 바싹 긴장을 한 듯한 모습의 둘이었다.

이등병이 상병을 보고 놀라는 느낌이랄까. 각이 딱 잡혔다.

'여기도인가…….'

그 모습에 내심 씁쓸함을 느끼는 운이철이었다.

길드 내에서 그를 묘하게 피하거나 어려워하는 자가 많다.

분석을 해서 수련의 효율을 올려주고, 전략을 짜서 그에 맞춰 훈련을 시키고 하는 정도의 일밖에 하지 않는데도 그렇다.

아재 개그를 연습하면서까지 다가가려고 하지만 어째 먹히지를 않는다.

'어렵군.'

서로의 친분이나 능력 이전에 묘하게 거리감이 만들어진다.

그러다 보니 운이철로서는 김기환이 부러울 따름이다.

어느샌가 그는 가만있어도 빛이 난다.

자신은 찌질하다 말하지만 그게 인간적인 면모로 보인다. 그러다 보니 사람들이 모인다. 그리곤 자연스레 따른다.

김기환의 자리를 감히 욕심을 낸다거나 하지는 않지만. 한편으로는.

'부럽긴 하군.'

자신도 친화적인 사람이 되고 싶은 욕심이 생기는 거까지는 운이철도 어쩔 수가 없었다.

하여튼 그런 씁쓸한 내심은 잠시 뒤로 감추고서는.

"할 일이 있어서 왔습니다. 음…… 상황상 하는 데 문제는 없어 보이는군요?"

"그, 그렇죠?"

"예! 무슨 일이든 말만 하시죠. 기환이가 구조 요청이라도 보냈답니까?"

"아쉽게도 그건 아니네요. 연락 한 줄 없습니다."

"원래 그런 놈이긴 하죠."

"그렇죠. 그래도 길드장이니 다른 곳에서는 말을 높여

주셔야 하는 거 아시죠?"

"아무렴요!"

군대로 남친을 보낸 여자의 심정이 이럴까.

사냥터 한가운데 있겠지만 정말 문자 한 통 없는 김기환이었다. 전이라면 걱정 좀 했겠지만, 원래 그런 인간 아니던가.

썸 아닌 썸을 타는 이서영이나, 한서은도 뭐라 안 하는데 남자인 운이철이 뭐라 할 수도 없는 문제였다.

'생각해 보면……'

―당신이 소름 끼치도록 싫습니다.

이후 제대로 된 문자를 받아 본 기억이 없는 거 같기는 하지만. 일단은 넘어가자.

원래 그런 김기환이다.

어째 원래 그런 자에 비해서 친화력이 밀리는 게 다시금 서글프긴 하지만 이 또한 지금 중요한 건 아녔다.

한바탕 김기환에 대한 뒷담 아닌 뒷담을 하니, 분위기가 조금 풀어진다.

같은 편이라 여긴 걸까. 허웅이 은근한 눈빛으로 묻는다.

"그나저나 무슨 일을 하면 됩니까?"

"공사판 나가시면 됩니다."

"예?"

"뭐요!?"

역시 친구다. 둘 모두 대번에 깜짝 놀라는 반응이 볼 만했다.

"이호준 소장님이 일손이 부족하답니다. 건물이 크다 보니까요. 그러니 요청이 왔습니다."

"그, 다른 사람 보내면 안 됩니까? 아무리 그래도……."

"맞습니다. 차라리 사냥을 가라면 갈 수 있습니다! 일을 무시하는 건 아니지만, 거기 험하게 일하잖습니까!"

괜히 한 번 빼 보는 마동수와 허웅.

"흠…… 어쩔 수 없군요."

이미 예상을 했다는 듯 운이철은 품에 있던 서류를 꺼내 어들었다.

정우혁에게 넘겼던 것에 비해서는 한없이 얇은 서류다. 몇 장 되지도 않는 것이지만.

"헛!"

"음……."

마동수와 허웅이 놀란다.

서류 무쌍.

이곳에만 있는 말이지만, 운이철이 서류를 꺼내 들 때면 항상 일이 일어나곤 했다.

서류를 보자마자 놀라는 건 여기선 너무도 당연한 일이

었다.

"흠. 가서 일을 하기 싫으시면 훈련이 있기는 합니다. 새로 개조한 방법이 있는데 말이죠?"

"허허. 허허허허."

허무한 웃음을 짓는 허웅. 그래도 마동수는 한발 빨랐다.

"이런. 이런. 이건 넣어 두시고."

뇌물을 받다 걸린 공무원이라도 되는 듯, 황급히 서류 더미를 운이철의 품으로 다시 들이민다.

잠시의 실랑이.

운이철은 기어이 그걸 다시 꺼내 든다.

"하하. 이거 괜찮은 겁니다. 단지 '조금' 더 힘들 뿐입니다."

조금! 조금이라니!

여태껏 그 조금이라는 말에 얼마나 많은 길드원들이 당해 왔나.

효과라도 없으면 개기겠는데 이건 효과도 넘친다.

운이철이 분석을 끝내고. 그 끝난 분석을 또 다시 분석해서 새로운 방법을 개조해 나갈 때마다!

성장은 분명 더 빨라진다.

새로 온 신규 길드원들이 운이철의 훈련 방식에 성장하는 게 그 증거다.

전에 비해서 훨씬 더 빨리 성장한다.

이전에 있던 길드원들? 그들도 이미 분석당해서 훈련을 하고 있어, 더욱 강해지고 있다!

헌터는 강해지는 게 최고의 덕목이라지만, 버틸 만하면 강도를 더해가니 어쩌랴.

오죽하면 훈련보다 피 튀기는 파티 사냥이 더 낫다고도 앓는 소리를 하는 자가 있을 정도다.

그러다 보니 길드장인 김기환보다도 윤이철에게 더 어려움을 느끼는 길드원들이 슬슬 늘고 있는 추세.

윤이철은 그걸 모르는지, 이렇게 또 새로운 서류를 들이밀고 있었으니!

정말 악순환의 반복이었다.

허웅과 마동수가 정말 고개를 푹 숙이며 사정이라도 하듯 외친다.

"아니, 아닙니다."

"정말 열심히 할 테니까…… 살려주시죠!"

"네네. 정말 열심히 할 겁니다!"

김기환에게도 개기고, 배짱을 보이던 이들이지만 서류 무쌍 앞에서는 답도 없던 것이다.

공략이 끝난 건가.

"흠……."

그런 둘을 운이철이 가만 바라본다. 일을 벌인 거치고는 아주 평온한 눈이었다.

'이참에 잘됐군. 더 모집할 수 있겠는데?'

안 그래도 건설 감독을 맡고 있는 이호준이 헌터가 많으면 많을수록 공사는 빨라진다고 했다.

허웅과 마동수 둘을 보내는 걸로 끝내려고 했는데, 상황을 보아하니 생각보다 쉽게 모집을 할 수 있을 듯하지 않은가?

품에 있는 서류. 사실은.

'고지서지……'

이번 달 길드 건물 가스비와 관리비를 포함한 여러 고지서 덩어리일 따름이지만.

자신의 품에 있는 한은 최강의 무기(?)가 될 수 있을 듯했다.

"둘만으로는 부족하기는 합니다만은…… 역시 훈련을 받는 게 낫겠지요?"

운이철이 슬쩍 운을 띄운다. 눈칫밥으로 먹고산 허웅과 마동수가.

"제가 더 모집하러 가겠습니다!"

"아니, 아닙니다! 훈련보다 길드 건물이 먼저죠. 제가 애들 불러모을깝쇼?"

"같이 가는 게 좋지 않겠습니까?"

"아닙니다!"

앞다퉈 운이철의 일을 맡아준다. 말릴 새도 없이.

"먼저 가보겠습니다!"

"애들은 걱정 마시지요. 한 열 명 끌고 가겠습니다. 어떻게든!"

공사를 먼저 하러 가겠다고 움직인다.

그런 그들을 가만 바라보는 운이철.

'좋군.'

눈빛을 보자니 어째 최강의 무기를 자주 쓸 듯 보이는 운이철이었다.

*　　　*　　　*

그렇게 길드가 평화로이 다시금 자리를 잡아간다고 볼 무렵.

"어머?"

암표범이 오랜 흔적을 하나 찾았다.

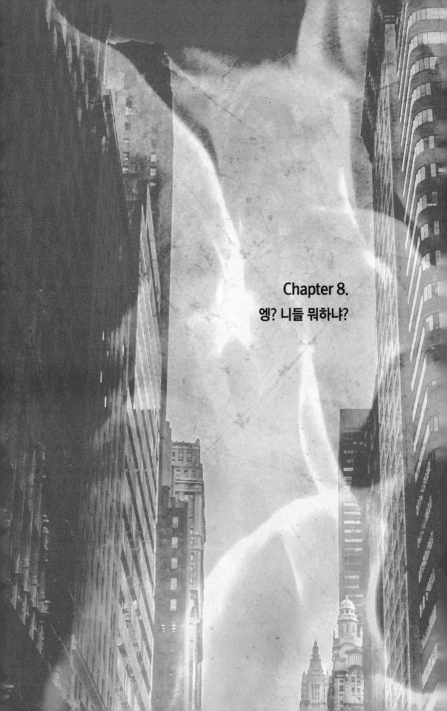

Chapter 8.
엥? 니들 뭐하냐?

한낮. 계절이 어떻든 더울 수밖에 없는 시간이다.

거기서 땀을 뻘뻘 흘리는 자들이 있었으니!

"헉…… 허억…… 우리 이능력자 맞냐?"

"시불…… 모르겠다. 진짜로!"

허웅과 마동수 둘 모두 숨을 헥헥 쉰다.

"우아……."

"죽을 맛이네!"

같이 온 다른 헌터들도 같은 상황이다.

말 그대로 죽을 표정을 하고, 숨을 몰아 내쉰다. 척 봐도
지쳐 있는 모습이었다.

"어허이! 지금 쉬어서 뭣하나! 싸게 싸게 움직여! 안 그럼 보고할까? 그 운씨한테?"

"알겠습니다! 크흐…….."

피곤의 덩어리에 빠진 모습이 이럴까!

운이철이 마수인지, 감독을 하는 이호준이 마수인지 모를 상황이 계속해서 벌어지고 있었다.

'그래도…… 나도 나름 헌터인데. 제길.'

몬스터를 잡는 게 헌터고. 헌터이니 존경을 받기도 하고, 인기도 얻는 게 일상다반사 아닌가.

비록 자라난 길드가 거대 길드라고는 못 해도, 길드가 되려 한다는 거 자체가 대단한 일이었다.

어지간한 헌터들도 제대로 된 공격대 하나 유지하지 못하고 해체된 걸 생각하면, 딱 비교가 된다.

분명 김기환과 그와 함께하는 헌터들은 나름 잘나가고 있는 헌터들이다.

자신들도 나름대로 힘이 넘친다고 생각했다.

비록 노하우는 없을지언정, 이능력은 있으니까!

해서 이곳 공사장에 오기 전까지만 해도, 사냥이 아닌 다른 일을 한다는 것에 불만이 있었을 뿐이다.

이 일이 힘들어서 땀을 뻘뻘 흘릴 상황이 만들어질 거라곤 상상도 못 했다!

근데 이게 웬걸?

'……미친 듯이 힘들다.'

내리쬐는 햇살. 뜨거운 온도. 이런 건 사냥터도 마찬가지
니 버틸 수 있다.

문제는 무지막지한 공사 방식.

"……저걸 들라고요?"

"고럼. 그 정도는 해야지. 탱커 아닌가? 그것도 세 명이
나 있는데?"

"후아!"

철골을 사람이 가져다 박으란다. 그것도 계속해서!

아니 그게 되나?

라는 생각은 일단 접어야 했다.

이호준을 포함한 자들은 그게 됐다. 능력은 여기 있는 허
웅보다도 낮지만 해낼 수 있다는 걸 직접 시범해 보여줬다.

'미친 조합이었지.'

비록 힘은 낮아도 탱커 능력이 있는 자가 철골을 들고.
바람의 이능력으로 철골을 드는 데 보조한다. 여기에 자력
에 관련된 이능력을 가진 자가 고정.

탱커의 힘, 바람, 자력의 세 가지 힘이 순식간에 한 사람
의 능력이라도 된 듯 맞물려 가면서 철골을 박아 버린다.

거기에 나사를 박거나 조립하고 연결하는 것?

이능력은 약할지 몰라도 이 일을 하면서 컨트롤만큼은 발군인 인부가 나섰다.

"이건 쉽지. 보라고!"

쎄에에에엥—

전동 기구고 뭐고 필요 없었다.

순식간에 나사 여럿을 바람으로 떠올리고서는, 나사를 넣을 곳에 가져다 댄다.

그러곤 바로 바람으로 나사를 돌리기!

순식간에 나사 열 몇 개씩이 박혀 버린다.

'사기야. 사기.'

'말도 안 돼.'

그걸 처음 본 마동수를 포함한 헌터들이 얼마나 놀랐던지.

공사장 일이라고 해서 내심 무시를 한 바도 있었던 그들로서는, 그 정교하고도 세밀한 컨트롤에 입을 다물 수가 없었다.

자기들이 힘은 더 강할지 몰라도, 저건 안 됐다.

"어때? 쉽지?"

"……아."

누워서 떡 먹는 것 하듯, 쉽다 말하는 그 말에 감히 반박도 부정도 할 수 없던 그들이다.

해서 그때부터 지금까지.

"우와아아아악! 힘 빼지마 새끼들아! 더 힘 줘!"

"크흐…… 너나 말할 여유가…… 있지!"

새로 올려진 공사현장에서 이능력을 다루면서 공사를 하고 있는 그들이다.

처음 운이철이 말하기로는 잠시면 된다고 했다.

하지만 어쩌다 보니 며칠째 계속해서 이 일을 하고 있었다. 파티로 나가는 사냥도 빠지고서!

사실 그걸 바로잡아야 하는 자가 따로 있었으니.

"흐음……."

바로 저 뒤에서부터 공사 현장을 가만 살피고 있는 운이철이었다.

그가 나서서 이쯤 도왔으면 됐으니, 공사를 그만 도와줘도 된다고 말을 해야 했다.

어쨌거나 김기환을 대신해서 이호준 감독관을 컨트롤할수 있는 건 그였으니까.

헌데 그는 잡을 생각이 전혀 없어 보였다.

되려 눈을 빛내면서, 진지한 얼굴로 공사 현장을 가만 살피고 있었다.

공사 자체를 분석하려고? 그럴 리가.

아무리 그라고 하더라도 다른 사람의 전문 분야를 뺏거나, 끼어들 만큼 어리숙하지는 않았다.

끼어든다고 하더라도 허락을 구하겠지!

그가 집중하는 건 다른 거였다.

'컨트롤에 도움이 되는데?'

노동의 현장!

그 안에서 이능력을 사용하면 할수록 컨트롤이 는다는 것!

이호준을 포함하여, 전문적으로 공사를 하는 자들의 컨트롤이 괴랄할 만큼 수준이 높았다.

상상 이상이랄까?

세밀하게 컨트롤하는 데 자신감이 있었던 윤이철로서도 따라갈 수 없을 만큼의 수준이라니!

제대로 아는 자가 보면 놀랄 수밖에 없는 컨트롤이었다.

여기서 힌트를 얻었다.

지금까지는 단순히 이능력을 키우고 효율을 높이는 게 훈련의 중심이었다.

그가 짠 훈련은 다 그런 식이었다.

그것만으로도 성장에는 문제가 없었다. 되려 빠른 속도로 성장했다. 길드 수준이 순식간에 올라갈 정도로.

여기에 윤이철은 하나를 더 더하기로 했다.

'세밀한 컨트롤 훈련도 더해야겠어.'

바로 컨트롤.

세밀한 컨트롤이 또 다른 성장의 밑거름이 될 수 있다는 가능성을 본 거다.

허나 아무리 그라고 하더라도 무에서 유를 창조할 수는 없으니. 가만 지켜보고 있는 거다.

"좋은 교보재들이야."

다름 아닌 허웅을 포함한 공사장에 들어간 헌터들을 봄으로써 교보재 삼고 있었다.

그들로부터 정보를 얻고, 새로운 훈련 계획을 짜고. 그 모든 것들이 완성되면?

"크학…… 뒤지겠다 진짜!"

"……버텨 새꺄! 아직 오전 작업도 안 끝났어!"

저 땡볕에서 고생하고 있는 허웅들에게 또 새로운 훈련이 부여되겠지.

상상도 하지 못할 만큼 괴랄한!

*   *   *

다들 고생하고 있을 때.

고생을 마친 김기환이 사냥터 한가운데를 가로지르고 있었다.

오크들을 처리하기 위해 들어섰던 사냥터는, 나름 중급에서 상급 사이의 사냥터라 칭해지는 곳이었다.

지금 움직이고 있는 곳은, 경기 서부에 거의 가까운 하급의 사냥터.

이곳에서 아무리 몬스터가 덤벼봐야 그를 어찌할 수는 없었다.

그렇다 보니 사냥터를 가로지르고 있음에도 그의 얼굴에는 여유가 넘쳐 있었다.

대신에 머리는 복잡해 보였다.

'막장극이었어. 막장극.'

전에 있었던 오크 사냥의 경험.

아무리 생각해도 예상 외의 경험이다.

전부를 처리했다. 생각지 못한 깨달음을 얻었다. 덕분인지, 기운을 다루는 효율성이 훨씬 증가했다.

깨달음을 얻을 때마다 어째 기운에 관련된 깨달음이다.

검술이 갑작스럽게 발전을 한다거나, 어마어마한 기술이 갑작스레 생기는 그런 건 없었다.

그래도 이번은 검에 완전히 관련이 없는 것만도 아니라

좋았다.

기운의 효율성이 올라가서, 적은 힘으로도 꽤 많은 짓을 해낼 수 있게 됐다는 것도 좋고.

'나쁜 일은 없지.'

미친 짓 하자고 레이드 한번 벌였을 뿐인데, 얻은 게 많다.

이러다가.

"중독되겠어."

미친 짓을 벌이는 게 재미 들리는 게 아닌가 싶을 정도다.

미친 짓 한 번에 성장 한 번이라니.

목숨이라는 큰 대가가 있기는 하지만, 거대한 적을 상대해야 하는 상황에선.

'한 번 더 해 봐?'

라는 생각이 불쑥불쑥 들곤 한다.

"진짜 보장만 되면 계속하겠는데. 흠⋯⋯."

나 하나 목숨 걸고 그걸로 힘을 기를 수 있다는 거. 매력적일 수밖에 없다.

이번 일.

실패하면 길드원 몇이 희생될지 모른다.

죽는 자가 나올 수도 있다. 아마 이 일의 핵심에 있는 자가 쥐도 새도 모르게 행방불명 처리되는 건 일도 아닐 거다.

운이철만 하더라도 실제 행방불명 처리가 되었었지 않나. 나타나서도 완전 병신이 돼서 나타났었다.

부상당한 그를 보여줬던 것도.

'경고였을 테지.'

더 파고들거나, 일을 크게 벌이게 되면 죽을 수 있다는 경고.

여기까지만으로도 충분하니, 적당히 하라는 경고였을 거다. 어쩌면 운이철을 보내면서 어떤 장치를 섞어 넣었을 수도 있다.

여러 가지 경우의 수가 있지만, 공통적인 건 하나다.

'위험하다는 거.'

큰 조직. 그런 자들을 상대로 겨루는 거니 위험하지 않을 수가 있겠는가.

그런데도 일을 벌였다.

운이철을 치료해서 살리고, 그와 계획을 짜서 여기까지 왔다.

목숨도 여러 번 걸었다. 잘해 왔다.

그래도 더 강해져야 한다는 욕심이 나는 건 어쩔 수가 없었다.

그래서 계속 고민한다.

이번 깨달음으로 또 어떻게 응용을 할 수 있을까.

지금 헌터들 사이에서 내 힘은 어디까지 먹힐까?

하는 그런 것들을 길드 본부에 도착하게 되면 상의를 해 볼까 했는데.

"흠…… 운이철하고 상의를? 어?"

어째 익숙한 기운과 함께 다른 미묘한 게 느껴진다?

'이능력이 전보다 더 잘 느껴지는 건 확실하네.'

여기는 사냥터. 익숙한 기운이라고 해 봐야 여기 사냥터에 나온 길드원일 게 분명하다.

그런데 그 외의 다른 것들은 뭐지? 어째 형국이 좋지 못한데?

'……움직여 보자.'

뭔가 심상치 않다는 감이 생겼다.

재빨리 기운을 끌어다 써서 속도를 더했다.

* * *

은밀하면서도 빠르게.

목적지로 한 곳에 도착했다. 예상대로.

'길드원이다.'

길드원들이 있었다.

공격대 시절부터 탱커로 활약한 한창수를 비롯해서, 부산에서 데려온 딜러 양인웅. 거기에 나머지 셋은 새로 들어온 신입 헌터들이었다.

아직 낯선 이들이 있기는 하지만 자신의 길드원인 건 확실하다.

길드 단위가 되면서 본래부터 있던 자들과, 근래 들어온 자들을 융화시킬 겸 섞어서 사냥을 내보낸 지 꽤 오래다.

그러니 파티를 꾸리고 사냥을 하는 거까지는 문제가 없었다.

정말 큰 문제는.

"……분위기가 이상한데?"

사냥터의 룰이 지켜지지 않고 있다는 거였다!

*   *   *

사냥터의 룰.

다른 사람이 사냥하고 있는 곳은 알아서 피해 주는 게 룰이다.

이건 나를 포함해서 모든 헌터에게 암묵적으로 있는 규칙이다.

실제로 이 규칙을 지키지 않아서, 손봐 줬던 운상도 있지 않은가. 그놈 지금은 뭐 하고 사는지는 몰라도.

'개털 됐겠지.'

상황이 좋지 못할 것은 분명하다. 완전히 털렸으니까.

보통 파티도 아닌 거 같고, 불법적인 조직에 들어가서 활동을 했던 거 같은데 쪽박 안 찼으면 그게 더 이상하다.

어쨌거나 이 룰은 나한테도 적용된다.

그래서 내가 천정 길드가 들어온다고 했을 때 한참 열이 받았었던 거다.

사냥터는 한정되어 있는데, 길드 단위가 들어오게 되면 우리가 사냥해야 할 곳이 확하고 줄어들게 되니까.

어디서 나타났는지 모르게, 금방금방 나타나는 게 몬스터라지만 그래도 어쨌거나 줄어드는 건 줄어드는 거다.

그래도 열은 받아도 룰은 지키려고 노력했다.

'지키지 않으면 한도 끝도 없게 되니까.'

이런 룰을 지키지 않게 되면?

운상 같은 놈이 날뛰게 될 거다.

기껏 몬스터 다 잡아 가는데, 중간에 끼어들어서 자기도 시체에 권리가 있다고 우기는 놈 분명 생길 거다.

게임으로 치면 선공 쳤는데 스틸을 할 거란 소리다.

게임이야 게임이니까 그런다 치고 넘어간다 치자.

진짜 사냥터에서 이런 짓이 비일비재하게 일어나게 되
면?

아무리 헌터라고 해도 아수라장이 될 수밖에 없다.

그러니 강하든 약하든 이 룰은 지켜져야 한다.

그런데 대체 왜.

'우리 쪽 애들이 사냥하고 있는데 다른 놈들이 있는 걸
까나?'

아무리 봐도 이상하다.

전이라면 훅하고 나서겠지만, 성질을 죽였다. 우선은 참
고 가만 바라봤다.

여기서 확 나서기에는 뒤에 뭔가 꺼림칙한 일이 있을 거
라는 걸 감이 말해 주고 있다.

지난 경험들로 잘 갈고 닦아진 경험이다. 무시할 감이 아
니었다. 해서 조용히 할 일부터 했다.

숨을 죽이고, 우리 길드원들도 모르게 몸을 숨겼다. 파티
원 주변을 둘러싸고 있는 다른 놈들도 모르게 숨은 것은 당
연했다.

동시에 조심스레.

쯔와아아압—

공간 장치에서 아주 작은 장치를 여러 개 꺼내 들었다.

아주 오랜만에.

'잘 작동하려나?'

딸칵—

워낙 오랜만에 켜는 거다. 잘 작동하기를 바라면서 스위치를 누르니.

지잉—

다행히 잘 작동해 줬다. 초록색으로 표시되고 있는 걸 보니 이 문제는 없어 보였다.

그래도 혹시 몰라 꺼낸 것들을 전부 작동시켰다. 다들 잘 작동했다. 그대로 착용했다.

'무슨 생체 감시 카메라 같군.'

초소형 카메라들이다. 운상을 털어버릴 때도 썼던 카메라.

전부 착용하고 보니 다섯 개. 어렵사리 목 뒤로 두 개. 앞으로 세 개를 착용해 놨다.

카메라 크기가 조금만 더 컸다면 꽤 우스운 꼴이 될 수도 있었겠다는 생각이 들었다. 무려 다섯 개나 주렁주렁 달고 있는 거니까.

크기가 작아서 다행이었다.

'준비 완료.'

카메라를 조심스럽게 착용하는 그 사이.

얼마의 시간이 지났다고. 저쪽이 조심스레 움직이고 있는 게 보였다.

＊　　　＊　　　＊

스아악—

한창수가 무기를 빼어 들고 크게 휘두른다.

본래는 중병기를 휘둘렀었지만, 운이철의 조언을 받아들여서 중병기가 아닌 거대한 검을 쓰기 시작한 그였다.

보통 검에 비해서는 훨씬 무겁고 두껍기는 하다.

그래도 전에 쓰던 중병기에 비해서는 무기를 휘두르는 속도가 훨씬 빨라졌다.

그러다 보니 탱커로서 커버를 할 수 있는 범위도 넓어졌다.

그는 자신의 무기에 이능을 담아서 막는 탱커. 무기를 빨리 휘두를 수 있게 된 만큼, 막는 범위가 늘어난 거다.

그런 그가 검을 휘두르니.

—키야아아악!

챠드. 여우를 닮은 주제에 흉포하기 그지없는 교활한 몬스터가 발톱을 부딪치며 덤벼든다.

날카로운 발톱과 이빨.

후우욱—

갑작스럽게 쏘아내곤 하는 무형의 바람은 위협적이기 그지없는 공격이었다.

"어딜!"

그걸 한창수는 잘도 막아냈다.

평소 허웅이랑 어울릴 때는, 허웅을 닮아서 어수룩한 모습이 자주 보였던 그다.

하지만 사냥에서는 그도 프로인지, 꽤 진지했다.

그런 한창수가 몬스터를 막는 동안. 딜러 양인웅과 신입 딜러 둘이 달려들기 시작한다.

특이하게 전부가 근거리 딜러다. 원거리 딜러는 하나도 섞여 있지 않았다.

대신에 그들은 운이철에게 훈련을 받아 각자의 공격을 조화롭게 공격할 줄을 알았다.

이른바 합격술에 가까운 기술을 연마했다.

초보적인 수준이기는 하지만!

후웅— 홍—

가장 중심인 딜러 양인웅이 무기를 휘두르면, 그 다음 신입들이 연타를 날리는 식으로 공격을 날린다.

한 타, 한 타는 강한 공격은 아닐지라도 그걸로도 충분했다.

연타로 들이대는 세 번의 공격은 그 자체로 흉포한 공격이 됐으니까!

한창수가 막고, 그걸 연환공격하고.

남은 건 딱 하나. 힐러. 인운성.

이서영처럼 탱킹 능력이 있다거나 하진 않은 자다. 단 하나의 능력. 오로지 힐러 능력만을 가진 그다.

그런 그를 보호하고 있는 자는 단 하나도 없었다.

그래도 괜찮았다.

그들이 잡고 있는 몬스터, 챠드는 흉포한 성질을 가진 몬스터다.

어그로도 쉽게 끌리지만, 일단 어그로가 끌리기만 하면 어그로가 끌린 이만 공격하는 멍청한 몬스터가 챠드다.

그렇다 보니 따로 힐러에게 보호자를 두지 않은 것이다.

어그로를 모두 끌은 상태에서, 힐러를 지키자고 다른 이가 붙어 있어 봤자 전력 낭비일 뿐이었으니까!

다른 몬스터가 달려들면 또 모르겠다.

하지만 이곳 사냥터에서는 챠드를 제외하고 다른 몬스터는 없었다!

흉포한 성격을 가진 챠드가 다른 몬스터를 용납하지 않은 덕분이다.

그러니 지금 한창수를 비롯한 파티원들이 사냥을 하고

있는 방식은 지극히 효율적인 방식이다!

　허나 그 효율도 어디까지나 사냥터의 룰이 지켜질 때 통용되는 것이었다.

　쒜에에에에엑—
　"어억?"
　힐러 인운성.
　힐링 능력 외에는 일반인이나 다름없는 그에게 무언가가 날라든다.
　이능력으로 만든 물이었다!
　톱니바퀴 모양을 가진 그것이 갑작스럽게 날아왔다.
　그 날아드는 위치가 미묘하긴 했다!
　반쯤은 그를 노리는 듯하고, 또 반쯤은 파티원들이 사냥하고 있는 챠드를 공격하는 듯한 모습이었다.
　속도는 그리 빠르지 않았다.
　하급의 딜러만 되더라도 피할 수 있는 공격이었다.
　하지만 인운성은 완벽한 힐러!
　일반인의 몸을 가진 그가 그런 공격을 피할 수 있을 리가 없지 않은가.
　인운성의 머리로 떠오른 가장 첫마디.

'죽나! 시발.'

정말 현실적인 말 아닌가.

그로서는 진지했다. 주마등이 스쳐 지나가는 듯했다.

어영부영 하급 힐러로 살다가 성장이 정체되었고. 신생 길드에서 길드원을 모집한다고 하니, 어렵사리 시험에 들어서 통과.

그 뒤로 길드 내에서는 사신이나 다름없는 운이철을 통해서 힐러 능력을 훈련했던 그다.

훈련은 쉽지만 어려웠다.

훈련이라는 명목하에 쓰러지거나 부상당하는, 다른 딜러나 탱커들을 하루 종일 치료하고 또 치료하기를 반복!

이능력을 현기증이 날 때까지 미친 듯 반복 사용하고.

"효율적이지 못한데요? 다른 식으로 해 보지요."

조금이라도 효율적이지 못하게 하거나, 힘을 더 사용해서 계속 지적을 받다 보면 자연스레 힐러 능력은 성장할 수밖에 없었다!

그렇게 다시금 꽃피우게 된 능력!

이제 파티 사냥도 다니고, 천정 길드가 들어와서 길드가 좀 어렵기는 해도 강한 길드장이 있으니 어찌 되겠지 하고 희망도 가지고 있었는데!

'왜 지금!'

어디서 난데없는 공격이 날아온단 말인가!

이대로면 죽는다. 아니 뒤진다. 개죽음을 당한다.

쫘악—

죽는 그 순간 의연할 수가 없었다. 눈을 꽉 감는다. 죽는 자신을 볼 자신이 없어서!

몇 초 내로 자신은 썰리겠지. 아냐, 눈을 떠서 힐이라도 넣어볼까. 부상당해서 고통스러운데 어떻게 힐을 넣어? 나는 정신력이 그리 좋지는 못하다고?

그래도 살아야지? 아냐. 왼쪽으로 오고 있었어. 심장이 꿰뚫릴지 몰라.

1초. 2초. 3초.

짧은 시간에 많은 생각이 스쳐 지나간다. 그런데.

'어?'

왜 아직까지도 고통이 느껴지지 않지.

싸아아아아—

어찌 사우나에서 나는 소리가 나지? 뜨거운 열에 김이 나는 그런 소리가 들린다.

이상함을 느끼며 눈을 떴다.

"어? 어어?"

눈을 뜨니 누구보다 듬직해 보이는 등이 보인다. 어딘가 익숙한 등이다.

무슨 히어로물도 아닌데!

듬직하기 그지없다. 같은 남자의 등인데, 반짝반짝 빛이라도 나는 듯하다. 폭 기대고 싶은…….

'아니 그건 아니고!'

순간 미쳐서 이상한 생각을 했던 거 같지만. 일단 넘어가자.

중요한 건 자신을 향해서 날아들던 물의 톱니 칼날.

그게 듬직한 등을 가진 자에 의해서 상쇄되듯 수증기가 돼서 사라졌다는 거다. 덕분에 자신이 살았다는 것이 중요했다.

대체 저 사람이 왜 있는지가 중요한 건 아니었다. 그래도 물어본다.

"기, 길드장님?"

"오랜만이죠?"

"네? 아 네!"

왜 갑작스레 오랜만이죠래.

어색한 느낌이다.

하기는 그에게 길드장은 멀디먼 느낌이었다. 자신이 다가가기에는 너무도 강한 헌터이며, 대단해 보이는 자였다.

때로 가벼워 보이는 모습을 보이기는 하지만, 그는 길드장으로서 분명 믿을 만한 사람이었다.

바로 지금 이 순간에도 그건 유효했다.

"욕봤습니다."

"예? 아…… 그렇죠."

누가 날렸을까. 그건 아직 모른다. 그래도 욕은 봤다. 잘 못했으면 정말 죽었을지도 모른다.

길드장이 없었더라면.

'진짜 죽었겠지…….'

덕분에 살았다. 자신도 모르게 김기환에 대한 충성도가 올라가는 느낌이 들 정도였다.

동시에 아직까지도 정신이 멍했다.

생각지도 못한 죽을 고비를 넘기고도, 쉽사리 정신을 차릴 만큼 자신은 정신력이 좋지 못했다.

그래도 눈치는 영 사라지지는 않았다.

"……잠시 쉬세요."

"……예."

자신에게 쉬라 말하면서, 몸을 움직이기 시작하는 그. 김기환.

자신에게는 자상하게 말을 하지만, 고개를 돌리는 한편으로 보이는 눈빛을 인운성은 분명 읽었다.

그건.

'살기…….'

살기이자 살의이며, 누군가에 대한 명백한 적의였다. 그 적의를 숨기지 않은 채로.

김기환이 어딘가로 움직인다.

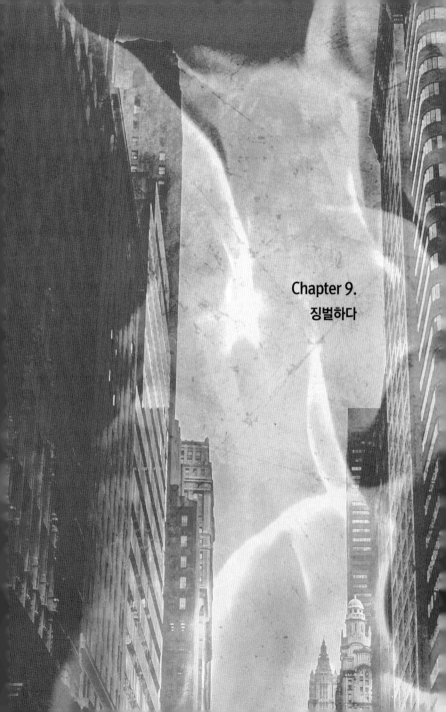

Chapter 9.
징벌하다

어디? 어디로 가는 거지?

힐러 인운성의 눈이 김기환의 등을 따라간다. 사생팬이 스타에게 보내는 듯한 열정적인 시선이다.

등 뒤라도 그 시선이 부담스럽게 느껴질 만한데, 김기환은 전혀 상관없다는 듯 앞으로 발을 놀릴 뿐이었다.

하기야 당장 그는 인운성을 신경 쓸 때가 아녔다.

*   *   *

'새끼들……'

아주 오랜만에 쓰레기들을 만났다. 아까 보낸 그것. 이능력. 분명히 인운성을 노리고 날린 거다.

몬스터를 잡으려고, 혹은 우릴 도우려고 그랬더라면 그런 식으로 날려서는 안 됐다.

어디까지나 고의다. 딱 들어맞는 단어로 미필적 고의 정도?

예전의 경험이 있어선지 잔뜩 열이 오른다.

"어쭈?"

자식들. 어디서 보냈는지는 몰라도, 아니 아닌 척하더라도 천정에서 보냈겠지.

하여간 카메라를 단 나를 보자마자 쏜살같이 움직이기 시작한다.

웃긴 새끼들.

"어어? 길드장님!?"

"어?!"

챠드 사냥을 마치고 뒤늦게서야 나를 바라보는 길드원들. 사냥을 하느라 몰랐지만, 뒤늦게나마 나를 발견한 듯하다.

그들에게 손을 슥하고 올려준다. 일단은 말을 들었다는 표시였다.

길드원들도 중요하지만 위험은 지났다.

당장은 바로 앞의 놈들이 문제였다.

'늦으면 안 돼.'

언젠가 잡기는 하겠지만, 저 튀는 새끼들을 상대로 오래 시간을 끌 생각은 없었다.

그러니 한창수에게 상황 설명을 하기보다는 바로 몸을 날렸다. 놈들을 잡으러.

* * *

"억!"

"온다! 미친!"

길드라고 깨끗하기만 하랴.

거대 길드일수록 뒤가 구리다. 그게 현실. 그들도 마찬가지다.

겉으로는 파티 혹은 공격대 단위로 놀고 있지만, 그건 본업이 아니었다.

어디까지나 부업 정도? 잘해야 본업을 가리기 위한 위장 정도다.

헌터이면서 사냥이 어찌 부업이 되냐고 하지만 그들에게는 분명 그랬다.

사냥으로 버는 돈보다, 더 짭짤한 일이 있으니 사냥이 부업이 될 수밖에!

뒤처리. 혹은 뒷수작.

뭐 어느 표현이든 좋았다. 반쯤 거대 길드에 몸을 걸친 채로 그들이 원하는 것을 들어 주는 것.

그것만으로도 돈이 꽤 됐다.

그 옛날의 청부업자들하고 비슷하달까.

사냥터에서 작게 부상 입혀주는 거 얼마, 죽여주는 거 얼마, 뒤치기 해주는 거 얼마, 사고사 위장 얼마.

이런 식으로 가격표를 만들고 영업하는 게 그들의 일이었다.

어떤 길드들은 이런 조직을 직접적으로 운영을 하기도 할 정도다. 보통은 이런 식으로 의뢰도 맡기기도 하고.

지금도 그랬다.

'쉬운 의뢰인 줄 알았는데…….'

새로 생기는 길드. 자라난인지, 자라다인지 뭔지 모를 공식으로 등록도 안 된 길드를 작업하는 거?

일도 아니다. 작업하는 일들 중에는 쉬운 축에 속하는 일이었다.

요즘은 길드를 들어가려고만 하지, 만들려고 하는 자는 없어서 꽤 오랜만의 일이기도 했다.

그래서 생각 이상으로 전력을 끌고 왔다.

놀게 하느니, 일이라도 하는 게 돈이 되니까. 그런데 이게 웬걸?

'저 새끼는 대체 뭐야.'

다리 주변에 은은하게 피어오르고 있는 불은 그렇다 치자. 발을 옮길 때마다 땅에 불이 붙는 것도 그렇다 치자고!

겉멋만 들어서 힘을 아낌없이 쓰는 헌터들이야 차고도 넘치니까!

저런 식으로 기운을 팍팍 써내는 놈이야. 평상시였더라면.

"미쳤네. 별거 아닌 놈이."

경험도 부족해서, 이능력 기운도 제대로 못 쓰는 놈이구나 하고 욕을 한바탕 해줬을 거다.

자기 조직에 있는 놈이 저런 식으로 기운을 사용하면?

아주 곤죽을 내줬을 거다. 미친놈이 힘도 없는 게 이능력만 팍팍 써댄다고. 그렇게 써대다가 흔적이라도 남기면 어쩌려고 그러냐고 줘 팼겠지.

하지만 지금은?

'……무슨 무한이야.'

저렇게 불길을 만들면서 달려오는데도, 어떻게 저 속도가 유지되나 싶다.

"거기 안 서냐!"

속도가 느린 것도 아니다. 굉장히 빠르다!

"어서 움직여!"

"크흑…… 최고속……입니다!"

각자의 이능력은 물론이고 바람 이능력자의 이능력까지 사용해 가면서, 최대한 속도를 내고 있었다.

걸리면 작업이고 뭐고 끝나니까, 우선 최선을 다해서 튀고 있는 거였다!

오죽하면 이런 경우를 대비해서 숲인 사냥터에서 도망가는 훈련까지 했던 이들인데!

'……어째서 거리가 안 벌어지냐고!'

거리가 벌어지기는커녕 점차 줄어들고 있었다.

'어쩌지?'

걸렸을 때는 일차적으로 도망.

도망이 실패할 거 같으면? 호출. 그래 호출을 해서 아작을 내야 했다.

지금 파티로 안 되면, 더 많은 파티를 불러내면 되는 거다!

길드만큼은 못해도 그들 조직의 수도 만만치는 않으니까. 물론.

"거기 서라! 새끼들아!"

저기 저 불길을 잔뜩 뿜어내면서 달리는 웬 미친놈을 보면,

'될까?'

사람을 더 데려온다고 될까 싶기는 하지만!

그래도 죽이 되든 밥이 되든 할 수 있는 건 다 해 봐야 하지 않겠는가. 이대로 그냥 물러만 나기에는 그도 성질이 좋지는 못했다.

"B구역까지 달려!"

"크흐…… 알겠……습니다!"

뒤로 물리는 자가, 더 물리기 전에 발악을 시작했다!

*　　　*　　　*

"허어? 이놈들?"

금방 따라잡나 싶더니, 이능력까지 쓰네?

걸음마 나 살려라 하고 도망가는데, 용을 쓰고 달려가는 모습이 꽤 그럴싸하기는 했다.

'그래 봤자지만.'

거리는 점차 줄어들고 있었다.

도망치는 데 이능력을 다 쓰고 있는 거 같은데, 막상 전투가 벌어지면 이능력을 다 썼으니 쉽게 잡을 수 있을 거 같았다.

마음 같아서는 싹 다 불태워버리고 시작하고 싶다. 불 기술로 태우고 보면 쉽게 잡을 거다. 아니 아예 아작을 낼 수 있겠지.

하지만.

'일단 잡고 봐야지.'

증거를 확보하든, 저들을 증인으로 쓰든 간에 불태우는 거보다는 사로잡는 게 맞다 싶었다.

'이럴 줄 알았으면 힐러 하나 끼고 달려올걸.'

힐러가 있었으면 일단 불태우고, 치료해서 사로잡을 수도 있었을 텐데!

아쉽게도 나 혼자 달려왔다.

어쨌든 사로잡아야 하니 기술도 안 쓰고, 달리는 데만 집중하는데. 잘도 도망간다.

그러다 안 된다 여겼을까?

'어쭈?'

어째 몬스터가 나올 만한 곳은 아닌데, 인기척이 느껴지는 곳으로 움직이기 시작한다.

분명 얼핏 들었다.

'B구역까지 달린다고 했지?'

저 앞서 달리는 놈이 외친 걸 용케 들었달까. 분명히 B구역이라 말했다.

보통 이런 경우에 B구역이라고 하면 어떤 장소를 말하는 거겠지.

그리고 그 장소는.

'이런 짓 벌이기에 딱 좋은 구역이거나, 무슨 장치라도 있는 구역일 거다!'

그도 아니면 동료가 있거나!

동료가 있었으면 좋겠다 싶었다. 몇 놈 잡는 거보다는, 많은 놈들을 잡는 게 가장 좋을 테니까.

해서. 약간은 속도를 늦춰 줬다. 거리를 유지하기 위해서.

그래도 겉으로는 다급한 척 외쳤다. 꽤 연기를 잘했달까?

"이 새끼들아! 멈춰!"

잡지 못해 아쉬운 척 외치는데, 어째 저놈들은.

"서, 서란다고 서…… 서겠…… 하악."

꽤 지쳐 보인다.

'……약하네.'

불태웠으면, 진즉에 잡았을 놈들이긴 한데. 불쌍해 보일 정도로 헥헥대며 달린다.

그래도 결국 목적지에는 도달했다.

'호오?'

여러 인기척이 느껴지기 시작한다.

역시 이놈들이 말한 B구역의 정체는 다른 동료들도 있는 임시 아지트나, 뭐 그런 게 맞았다!

악당이란 놈들은 발전이 없다더니.

'이놈들도 딱 그 짝이네.'

머리 좀 쓸 것이지. 동료가 있는 곳으로 올 줄이야.

일단 자기 살자고 오고 본 거겠지만, 하여간 재밌는 놈들이다.

놈들이 달려가서 어느 장소에 도달하자, 인기척을 내고 있던 자들이 놀라서 외친다.

"뭐, 뭐야!?"

하나같이 험상궂게 생긴 것이, 헌터를 안 해도 어둠의 일에 몸담을 놈들이 아닌가 싶은 모습들 천지였다.

덩치가 큰 놈은 큰 대로 인상이 험악하고, 작은 놈은 작은 대로 얍삽해 보인다.

개성이 있기보다는,

'나는 딱 더러운 일을 하는 놈이요!'

하는 느낌?

딱 더러운 일 하기에 어울리는 놈들이다.

사람을 외모 가지고 평가하면 안 된다고 하지만, 반대로 사람이 나이 40이면 자기 얼굴에 책임을 져야 한다는 말도 있지 않나.

그동안 살아온 인생으로 외모가 변한다고 해서 생긴 말이었던가?

저놈들은 나이 40도 안 된 거 같은데 벌써부터 자기 얼굴에 책임을 져야 할 거 같다.

얍삽해 보이는 놈 중에 하나가, 얍삽한 만큼 눈치는 있는가 보다.

다들 헉헉대며 달려오는 놈들을 바라볼 때, 얍삽해 보이는 놈은 그 뒤에 있는 나를 바라봤다.

"저기! 저놈! 새끼들, 걸려서 온 거냐?"

그리곤 대뜸 상황 파악을 끝냈다. 동시에.

"야야. 준비해! 저 새끼 하나 조져야 한다!"

"아, 새끼들. 한 마리를 못 조져서!"

쓥? 이놈 새끼 보게? 한 마리? 나를 보고 한 마리라고 한 거 맞지?

'넌 제일 마지막의 마지막까지 괴롭혀 준다.'

*   *   *

내가 마음을 먹는 그 순간에도 놈들은 일사불란하게 움

직이기 시작했다.

얍삽하게 생긴 놈이 뒤로, 덩치가 큰 놈들이 앞으로 빠진다.

언뜻 기운을 읽어보면, 생긴 대로 덩치 큰 놈들은 탱커인 듯했다. 기운이 억센 느낌이다.

얍삽한 놈은 딜러다. 내부에서 흉포하게 기운이 도는 게 느껴진다.

기운을 다루는 게 예리해진 만큼 이런 건 잘도 느껴진다.

'재밌네.'

눈이 아닌 기운으로 느끼는 거라, 더욱 재밌는 느낌이다.

"니들도 자리 채워!"

"알겠다고!"

그 사이 완전히 정비를 한 놈들이 대열을 갖춘다. 손발을 꽤 맞춰 봤는지 나름 균형 잡힌 대열이 만들어진다.

"하악…… 학……."

남자 주제에 신음들을 내는 놈들이 있는 거만 빼면, 칭찬을 해 줄 만한 모습이었다.

타앗―

그들의 앞에 내가 바로 섰다.

꿀릴 것도 없고, 밀릴 것도 없기에 속으론 자신만만하기 그지없었다.

거기다 겨우 몇 놈 더 잡을 줄 알았는데, 와서 확인하니 파티 두 개를 잡을 느낌이다. 바로 앞에 있는 놈들 숫자만 벌써 열이다.

'열 놈 털어내면 뭐든 하나 얻겠지.'

몇 명 가지고는 정보도 못 얻을 텐데. 열 명이라니!

이놈들만 잘 털어도, 정보는 꽤 얻을 수 있을 거다. 흐흐.

내가 놈들의 앞에 마주 서자. 숫자가 좀 많았다고 기세등등해진 걸까?

잘도 도망가던 놈들이 그제서야 외친다.

"넌 뭐냐!"

"니들 개 패듯 패줄 사람이지."

더 말해서 뭣할까.

화아아악—

기운을 잔뜩 끌어 올린 채로 놈들과 전투를, 아니 놈들을 '패러' 갔다.

* * *

"……."

"……."

놈들이나 나나 아무 말이 필요 없었다. 대신 몸을 날렸
다.

'어쭈? 내가 몬스터냐?'

선두인 탱커의 뒤를 따라오는 딜러들. 그 뒤에서 원거리
공격을 날리겠답시고 기운을 돌리는 꼴까지!

딱 그림이 그려지지 않나?

여기에 힐러만 있으면 완전히 몬스터를 공격하는 방법이
잖아? 정석적으로!

한 열 명 되는 것들이 이리 달려오고 있으니, 일반 헌터
라면 주눅이 들었을지도 모르겠다.

아마 달려들기는커녕 도망가고 있었을지도?

하지만 내가 보기엔.

"확실히 조져!"

"죽이라고!"

저리 괴성을 지르는 거 자체가.

'아주 꼴값을 떨고 있다.'

꼴값이다.

덤으로 겁먹은 개가 더 짖는다고 하지? 저놈들도 짖는
거밖에 안 된다.

숫자가 많아졌다고 없던 용기가 생긴 거다. 아니면 미쳤거나.

그래도 겁은 먹었어도 아까처럼 불붙은 듯 도망가지는 않지 않나.

전보다는 좀 느긋하게 마음을 먹고서.

'미친개는 몽둥이가 약이지.'

화아아아악—

검을 뽑을 필요도 없다. 애써 뽑았던 검은 아까 추격전에서 집어넣은 지 오래다.

대신 불 그 자체로 만들어진 불몽둥이를 만들어 줬다.

'마침 시험하기도 딱 좋네.'

뭉툭하지만, 기운 그 자체로 이뤄진 몽둥이.

얼핏 보기에는 위험하지만, 전보다 기운을 세밀하게 다룰 수 있게 된 나 아닌가.

잘만 조절하면, 죽지는 않을 거다. 잘만 하면.

'아마도?'

어쨌거나 죽을 거 같으면 조절하면 될 일이다.

그 사이 느껴질 고통쯤이야.

저쪽에서는 죽이려고 달려들었는데, 이쪽에서 약하게 나갈 필요는 없잖아?

그럼 호구라고.

"죽어엇!"

"그럼 이쪽은 살려주지. 새끼."

가장 먼저 달려오는 놈을 향해서.

후웅—

불몽둥이가 나간다.

＊　　　＊　　　＊

원래 때린 놈 또 때리고. 약한 놈부터 패는 거다!

내가 약해 봐서 잘 안다.

그럼 여기서 약한 놈은.

"크훗……."

"마, 막아!"

딜러지! 특히 원거리 딜러들!

'새끼들이 날 물로 봤어.'

몬스터야 어그로 끌린 탱커부터 공격한다지만, 내가 몬스터냐? 지능이 몬스터냐고! 당연히 약한 놈부터 노려야지.

그래서 바로 치고 들어갔다.

스윽—

"엇!?"

탱커 하나를 스쳐 지나가고.

"에잇!"

그 뒤로 근거리 공격을 날리는 딜러의 얼굴에.

"크억……."

주먹 한 방.

그대로 전진해서 원거리 딜러에게로 파고들어 가는 건 순식간이었다.

"엇!"

"허억!"

순간 가까워지자 당황하는 원거리 딜러들.

그 표정이 가관이긴 했지만, 순간 좋은 생각이 들었다.

가만 생각해 보니 이대로 두면 또 도망갈 새끼들 아닌가.

한번 튀는 게 어렵지, 두 번은 쉽게 시도할 수 있는 일이다. 그건 막고 시작해야 했다.

'축포 한 방 놔주고 시작해 볼까?'

따악—

손가락을 튕긴다.

동시에.

화아아아악—

나로부터 번져간 불이, 또다시 뱀처럼 기어가기 시작한다. 굉장히 빠른 속도로!

뱀이 노리는 거? 저 얼빵한 놈들일 리가 있겠는가.

후아아아아아앙―

놈들을 노리기는커녕 그 주변으로 크게 원을 그렸다. 그리곤 바로.

후욱―

불쇼를 하듯 솟아올라 불기둥, 아니 불감옥을 만들어 냈다.

"이 미친!"

"저거 뚫을 수 있겠냐!?"

"야이씨. 뚫기는 개뿔, 저거 죽이는 게 더 낫지!"

"멍청한 새끼! 힘만 빼 가지고는! 넌 뒤졌다! 진짜!"

어쭈? 저놈들 보게? 감옥을 만들어 주자 그제서야 기세등등해서 달려든다.

그런 놈들을 그대로 무시한 채로.

"너!!"

"에이씨!"

후웅―

잽싸게 물의 톱날을 날려대는 원거리 딜러에게로 달려들어 갔다.

치지지지직―

불 몽둥이로 놈이 날린 물의 톱날을 수증기로 만들면서,

동시에.

후욱— 퍼억!

관자놀이에 제대로 한 방.

"크흑……."

화상은 거의 없었다. 순간적으로 조절해 줬으니까. 대신
에 타격은 그대로 들어갔을 거다. 아주 제대로!

고통스러워하는 놈의 얼굴.

죄책감을 느끼기는커녕, 이제 시작이란 생각이 들었다.

"약하게 쳤다고. 새꺄."

내 길드원은 저 칼날에 맞았으면 사망이었다. 아주 제대
로 사망!

그런데 고작해야 몽둥이찜질 아닌가.

"아주! 어!?"

퍼억—

팔에 한 방 놔준다.

"크앗."

팔이 아프다는 듯 팔을 감싸 쥐는 순간.

방어가 안 되는 곳은 바로 다리!

"미쳤지? 응?"

다시 다리에 한 방!

"크아아악."

다리에 한 방 맞아서 온몸을 움찔대는 놈에게.

퍼어억!

다시 등짝에 한 방! 순식간에 삼연타!

놈의 가드가 금세 무너진다. 이제는 막을 생각도 못 한다.

그런 놈에게 그대로.

퍼억— 퍼어억— 퍼억—

무한 연타!

놈은 감히 막을 생각도 못했다.

온몸을 작게 구겨서, 안 맞으려고 최대한 노력을 해 보지만.

'그거 안 먹힌다고.'

계속되는 몽둥이찜질에는 무용지물이었다.

그나저나 원거리 딜러라고 해도 몸이 아주 일반인 같지는 않을 텐데?

이놈은 어째 반항할 생각도 못 한다.

평소 지 타고난 이능력만 믿고 훈련 하나 안 한 새끼가 분명하다. 아니면 근성이 없거나.

나도 나중 가서는 포기했다만, 그래도 초반에는 허경석한테 몇 번 개기고 했었는데 어째 이놈은 그런 것도 없다?

그럼 더 맞아야지!

퍼어억— 퍼억— 퍽!

그 사이.

불의 감옥에 당황하던 놈들이 달려들었다. 뒤늦게나마 정신을 차리고 달려든 거다.

"뒤도 봐야지! 미친놈아!"

후우우욱!

지들 딴에는 머리 쓴 거다.

뒤를 노리면 될 거라고 여긴 듯하다. 하지만.

"헛!"

금방 막힌다.

'될 리가 있나.'

쩌어어엉—

불의 기운으로 순간 생성해 낸 불막. 그 불막에 놈들의 공격이 그대로 막혀 버린다.

이타. 삼타. 공격도 금방 연환돼서 왔지만, 막혀버렸다.

나는 놈들의 공격은 신경도 쓰지 않은 채로.

"마무리!"

"크아아아악!"

퍼어어억—

물의 칼날을 날렸던 원거리 딜러의 몽둥이찜질을 마무리할 뿐이었다.

그대로 쓰러지는 놈.

얍삽하게 생긴 것이 쓰러져서도 움찔움찔대는 것마저 얍삽해 보인다.

"뒤진 척하지 마. 넌 끝나고 진짜 뒤졌어."

움찔—

역시 움찔하는 것도 얍삽하더라니. 연기였다.

새끼. 내가 맞고 살아봐서 안다.

'어딜 어쭙잖게 연기야.'

아직 덜 맞았다고. 딜러가 이거 맞고 쓰러져서 쓰나. 쓰러진 척한 거지.

그래도 아직 상대할 놈들이 많아서 잠시 손 턴 거뿐이다. 아주 잠시. 끝나면 지옥행이 예약돼 있다.

그전에 몸을 돌렸다. 그리곤 불막을 처리도 못 한 채로 멍청하니 공격을 날려대던 놈들을 바라봤다.

다 같이 얼빠진 표정. 그런 놈들에게로 활짝 웃어줬다.

"니들도 맞아야지? 응?"

움찔하는 놈들.

사방이 내가 만들어 낸 불로 덮여 있어서 감히 도망갈 생각도 못 한다.

타앗.

놈들에게로 발을 내딛으려는 그 순간.

'어쭈?'

그래도 맛을 봐야 똥인지 된장인지 아는 놈이 있는가 보다.

얍삽한 놈 하나가.

"에이잇!"

지 혼자 살아보겠답시고, 잽싸게 도망가려 해 보지만.

후우우웅―

"으어어어억!"

살아 있는 불이라도 되는 듯, 놈이 다가오자 더욱 맹렬하게 타오르는 불에 어쩌지도 못한다.

힐러라도 있으면 회복이라도 해 가면서 통과할지도 모르겠지만, 여기 힐러가 어딨나.

못 나가는 거지.

공격들도 내 몸을 둘러싸고 있는 불의 막에 의해서 모두 실패!

남은 건 결국 하나뿐이지 않나?

"흐흐. 죽었다고 복창해라."

내가 몸을 날렸다.

놈들이 움찔한다. 믿던 이능력도 먹히지 않으니 어찌할 줄을 모른다.

근성 없는 놈들 같으니라고.

그래도 지금껏 이능력자로 자신감 좀 키워 왔으면, 죽이 되든 밥이 되든 덤벼들었어야지!?

당황을 하냐!

'병신들…….'

아니 병신이라는 말도 아까운 놈들이다.

그들에게로. 아까 얍삽한 놈에게와 똑같이 다가갔다.

주춤—

당황하는 놈들. 역시 어찌할 줄을 모른다.

근데 나는 어찌할 줄을 알았다. 목적이 있잖은가.

퍼어어어억—

"으어어억!"

"컥."

크게 한 방으로 찜질을 시작했다.

일타 이피. 한 방에 두 놈을 때리니 효율도 좋고!

그때부터가 진짜 시작이었다.

"오늘 한번 내가 새 사람 만들어 주마."

*   *   *

"새 사람 만들려면, 한 번 죽여야죠?"

"죽여요?"

"예. 방법이 다 있습니다."

미친 듯한 몽둥이찜질. 어릴 적 당했던 걸 한풀이하려고 한 공격은 아녔다.

허경석에게 맞은 걸 여기서 풀어봐야, 그 옛날 찌질이로 돌아가기밖에 더하나.

다만 우리 소중한 힐러, 인운성을 죽일 뻔했으니 징벌한 거뿐이다.

그 징벌이 다 끝나고, 타이밍 좋게도.

"허억…… 허…… 길드장님?"

"찾았다!"

인운성을 포함한 길드원들이 나를 찾아냈다.

'패는' 걸 잘 끝마치자마자 오는 타이밍이라니. 아주 좋은 타이밍이었다.

"왔네?"

치이이이익—

길드원들이 오는 걸 보자마자, 불을 지폈다.

"으으……."

"큿……."

길드원들의 눈에 가장 먼저 들어오는 건 낑낑대고 있는 찌질한 놈들.

탱커고 딜러고 할 거 없이 열 명 정도 되는 사내가 쓰러져 있는 건 꽤 진풍경이 될 수밖에 없었다.

덕분에 길드원들도 놀란 눈을 하고 있었다.

그들에게 지시를 내렸다.

"인운성은 이놈들 적당히 치료해. 적당히."

"죽지 않을 만큼만이죠?"

"아무렴!"

"바로 하겠습니다."

뒤를 캐내야 할 거 아닌가.

우선 죽지 않도록, 부상이 좀 심한 놈들을 어디까지나 '적당히' 치료하도록 시시했다.

그리고 나머지에게는.

"주변에 눈은 없지?"

"예. 아마 그럴 겁니다."

"혹시 모르니 쭉 한번 돌고 와봐. 여기는 걱정 말고."

"옙!"

내가 기운으로 느끼고는 있지만, 혹시 모를 목격자가 있을 수도 있지 않나?

주변을 돌면서 살펴보도록 명령했다.

그 사이.

'이런 일에는 역시 그가 제격이지.'

오랜만에 핸드폰을 들어서 연락을 했다.

운이철. 분석도 분석이지만, 사람으로부터 무언가를 얻어내는 데 그만큼 뛰어난 자도 없지 않나.

그래서 바로 조용히 불러들였다.

"혼자만 오세요. 아시겠죠?"

"아무렴요. 초급 사냥터라 위험하지도 않습니다."

그렇게 불러들인 운이철이었는데.

'죽이자니?'

새 사람 만들려면 한 번 죽여야 하는 게 대체 뭘까?

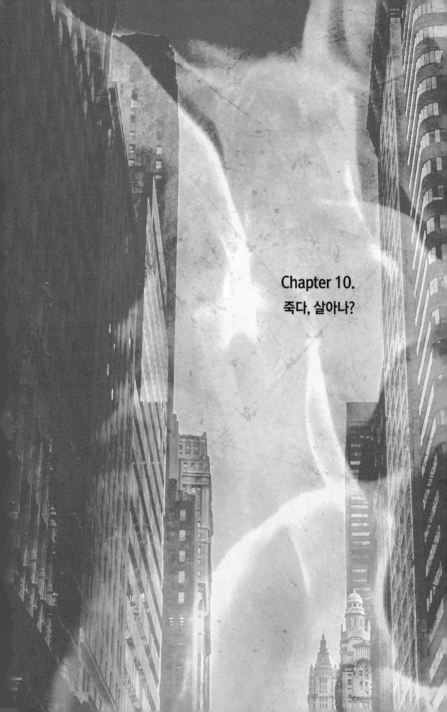

Chapter 10.
죽다, 살아나?

이게 대체 뭔 소리야?

아니 무슨 죽었다가 부활하는 것도 아니고.

몬스터 중에서는 그런 비스무리한 것도 있다고 듣긴 했
는데.

'피 빨아먹으면 완전 회복이라든가……'

사체를 먹으면 완전 회복하기도 하고. 뭐 그런 종류가 있
다는 거 정도는 들었다.

실제로 뱀파이어류 몬스터는 상대를 하기도 했고 경험도
해 봤다.

다시 살아나고 할 새도 없이 죽여 버려서, 그 능력을 실

제로 볼 기회는 없었지만.

하여간 그런 것들은 몬스터고.

'사람은 불가능할 텐데.'

무쌍에 가까운 체력이나, 방어력을 가진 자가 있기는 하지만 그건 어디까지나 생존력이 강할 뿐이고.

죽다가 다시 살아나는 능력이 있었더라면.

불사랍시고 연구한다는 사람이 죄다 달라붙었을지도 모를 일이다.

본래 이능력자끼리는 보호를 한다지만, 그 사람은 아마 예외가 되겠지.

다 달라붙어서 그 능력을 요리 보고 조리 보면서 뜯어보겠답시고 난리일 거다.

불법적인 일을 저질러서라도 분명 그리할 게 뻔하다.

예로부터 불로불사는 모든 이의 꿈이니까.

'그러니 우선 불사는 없다고 보는데.'

어떻게 죽다 살아나게 한다는 소릴까?

"대체 이게 뭔 개소리요?"

하는 표정으로 운이철을 바라보고 있으려니.

"자세한 건 안에 데려가서 보시면 됩니다. 어차피 길드장님도 있어야 가능하니까요."

"흠…… 정말 가능은 한 겁니까?"

"후후. 지켜보시면 아실 겁니다."

의뭉스러운 표정을 짓는 운이철. 지금 상황을 즐기고 있는 게 분명한지, 얼핏 미소도 보인다.

저 표정.

'익숙한데……'

나 괴롭힐 때 하던 표정이 아닌가.

그의 입장에서는 분석이다 실험이다 하지만, 생각 이상으로 고통스러운 것들을 시킬 때에 하던 표정이다.

가만 생각해 보면 그가 착해서 다행이다.

'인간성이 조금만 삐뚤어졌어도 큰일 났을 거야.'

저 정도 능력을 가진 자가 인의외도를 걷게 되면?

아마 새로운 실험을 하겠답시고 온갖 실험들을 하게 되지 않을까?

나 정도야 내가 동의해서 목숨 걸고 한 거지만.

그가 조금만 인간성이 안 좋았더라면, 아님 삐뚤어지기만 했더라면 온갖 실험을 분명 다 했을 거다.

실제로 그가 헌터 관리원에서 따 아닌 따를 당했다고 얼핏 들은 기억도 있다.

그를 좋아한다고 했던 그녀, 김주영이 그가 실종돼서 찾고 있을 적, 그리 말했었다.

실험 같은 것에 참여하지 않아서라나?

어쨌거나, 삐뚤어진 운이철이라니.

'상상만 해도 두렵네.'

근데 어째 지금의 운이철도 조금은 두려운 걸까?

"가죠!"

"그럽시다!"

생각지도 못한 일이 일어날 거 같은 느낌이다.

*   *   *

총 열.

어째 숫자도 딱 맞아떨어지는 놈들이다. 이들을 데려가
는 건 그리 어렵지가 않았다.

사냥터 입구에서부터 길드원들이 차를 가져와서 기다리
고 있었으니까.

차에 타고 보니.

"오. 허웅! 너 많이 탔다? 어디 휴가라도 다녀왔냐?"

"⋯⋯그런 게 있다."

"동수도 그러네?"

"있어. 그런 게."

기사 노릇을 하고 있는 허웅이나, 마동수도 얼굴이 뻘겋
게 탄 게 보였다. 바깥에서 활동을 할 때도 잘 타지 않던 애

들인데, 무슨 일인가 싶다.

"땡볕에서 굴렀냐?"

"……몰라! 힘들다. 그래도 오늘은 네 덕에 오전만 뛰었네."

"흠……."

뭔 일이 있는 거 같은데 말은 안 한다. 그렇다고 더 캐물어 봐야 저 성질머리를 가지고 말해줄 거 같지도 않고.

가만 보니.

'운이철이 또 뭐 시켰네.'

새로운 훈련법이라도 받은 게 아닌가 싶다. 그러니 죽을상을 하고 있는 걸지도 모르겠다.

어쨌거나 당장 중요한 건 허웅이나 마동수 피부가 시뻘겋게 타들어 가는 게 아녔으니까.

"어서 출발하자고!"

"그래!"

부우웅—

그렇게 나름 시선을 끌지 않으면서 본부로 데려올 수 있었다.

*   *   *

고문을 하든, 뭘 하든 간에 이들을 둘 만한 곳은 역시 거기밖에 없었다.

'지하 수련실.'

어째 내 수련실인데도.

—끼야아아악!

—끼약!

옹이 차지하고 있는 데다가, 가끔은 이서영이 자신의 훈련실로 사용하고는 하는 이상한 곳이 돼 버렸다.

그래도 운이철이나 여길 쓰는 이서영이 관리를 잘해 왔던 건지 상태는 좋아 보였다.

"히익!"

"저, 저게 뭐야!"

뭣이 중헌지를 모르는 것들.

여태까지 데려올 때는 죽을상을 하고 있더니, 몬스터 '옹'을 보니 그제서야 놀란 눈을 한다.

"몬스터 처음 보냐?"

"몬스터가 왜 여깄어!"

따악—

뒷통수를 한 대 갈려줬다.

"'몬스터가 왜 여기 있습니까?' 라고 해야지. 하여간에 교육이 덜 됐어요."

"시, 시발……."

"죽는다?"

"……."

이제 좀 조용해진 거 같군.

옹보고 놀란 가슴은 알겠다만, 이제 와서 놀라봐야 웃기는 이야기 아닌가. 그걸 설명해 줄 이유도 없었다.

그래도 혹시 모르니까.

"치워는 놔야겠군. 저리로 가 있어라."

―끼야아아아악!

―끼약!

옹들이 내가 가리키는 곳으로 들어간다. 오랜만에 불의 기운을 조금 나눠주는 건 덤이었다.

―끼약!

보는 눈들도 있는지라, 불의 기운을 조금만 줬더니 앙탈이 심하다. 오랜만에 와서 불도 조금 준다 이거겠지.

"쓰읍……."

허나 그마저도 혀를 한 번 차는 것으로 제압!

"허……."

"뭐야 대체."

깜짝 놀란 눈을 하고서, 그걸 바라보고 있는 놈들. 하나같이 놀란 눈이다. 몬스터가 쉽게 제압(?)되는 것에 놀란 거겠지.

그래 봐야 다음 차례는 자기들인 걸 모른다.

'시작해 볼까.'

*　　　*　　　*

시작은 단순했다.

우선 놈들 열 명 모두.

철컹— 철컹—

이능력 구속 장치를 달고 시작했다.

이능력 구속 장치는 말 그대로 이능력을 사용하지 못하도록 만드는 구속구다.

이능력자의 등급이 높아지면, 그야말로 무용지물.

하지만 하급의 이능력자나, 잘만 하면 중급의 이능력자에게도 사용할 수도 있는 게 바로 구속 장치다.

그렇다 보니 경찰서에서 사용하거나, 때때로 이상한 일을 벌이는 놈들이 암시장에서 찾는다고 들었다.

그런데 그걸 운이철이 열 개씩이나 턱하니 가지고 올 줄은 몰랐다.

혹시나 해서 운이철에게 물었다.

"……이런 건 어디서 구했답니까?"

"만들었습니다."

차라리 암시장에서 샀다고 하면 이해를 할 텐데. 만들어?

"만들어요?"

"예. 쉽습니다. 원리만 파악하면요."

"뭐 그렇다 해 주죠."

크흐. 그놈의 원리. 원리만 알면 쉽다니.

'뭔 이능력 구속 장치를 원리만 알면 쉽게 만들어…….'

하여간에 이 양반은 대체 못하는 게 뭘까. 신기한 양반이다. 정말 사기적인 양반이기도 하고.

"뭐 하여튼…… 이놈들 이제 튈 생각은 못 하겠네요."

"그럴 겁니다. 아니면 저기 웅이 부리로 심장이라도 콱 하고 쏘아 버리겠죠."

"무서운 소리를 잘도 하시네요."

웅이 작다고 해도 몬스터다. 놈들은 이능력 구속 장치를 끼고 있으니.

—끼이익!

저 웅들에게 걸리면 옴짝달싹 못 하고 죽을지도 몰랐다. 거기다 여기는 지하인지라, 입구도 하나만 지키면 된다.

그야말로 여기는 수련실이라기보다는.

'제대로 감옥이로군.'

시작부터 감옥으로 만든 느낌이었다. 아주 잘 만든 감옥.

어쨌거나.

"그나저나 죽인다고 하지 않았습니까?"

"그렇죠. 죽이려고 다 준비한 겁니다."

"어떻게 할 건데요?"

"뭐, 우선은 설득 작업부터 해 보고 안 되면 죽이죠."

"……."

설득이라고 쓰고, 취조라고 읽는 작업이 시작됐다.

＊　　　＊　　　＊

폭력도 없었다. 욕설도 없었다. 다만.

"어디서 오셨습니까?"

"조직명은?"

"그리고 위치는? 구성은 어떻게 됩니까?"

이런 말들을 취조랍시고 했을 뿐이었다.

아무리 내게 뒤지게 처맞은 놈들이라고 하더라도 이 정
도 취조에 넘어갈 놈들은 아니지 않은가.

'어디 팔다리라도 잘라야 들어 먹힐 텐데.'

이렇게 신사적으로 물어보는데 대답을 할 리가 없다.

무슨 정의로운 투사라도 되는 것처럼.

"말 못 한다!"

"헹. 그걸 말할 줄 아냐?"

혹은 양아치처럼 입을 꺼내지 않고 묵묵부답이다.

그래도 한 사람, 한 사람 다 물어보던 운이철. 그는.

"역시 죽여야겠네요."

죽인다는 판정을 내렸다.

그 소리를 들은 놈들이.

"죽이긴 뭘 죽여."

"어림없는 소리지. 퉷."

운이철이 지금까지 신사적으로 나와서인지, 잘도 개겨 댄다.

아마 취조를 하겠답시고, 폭력은커녕 굉장히 신사적으로 나와 줘서 기가 산 거겠지. 우리가 죽인다는 말도 믿지 못하는 게 분명하다.

하지만 운이철의 본 성격을 아는 나로서는.

'저 양반 한다면 하는데…….'

오늘 살인이 날 수도 있겠구나 생각을 할 뿐이었다.

그 분위기에서도

쯔와아압—

운이철은 놈들의 무시를 되려 무시하면서 무언가를 꺼내 들었다.

'꼬챙이?'

약 30센티 정도 되는 길이. 끝은 송곳같이 날카롭고, 그 밑에 손잡이 쪽에는 온갖 해괴한 뭔가가 달린 걸 꺼냈다.

그게 뭔지는 몰라도 얼핏 봐서는 분명 쇠꼬챙이였다. 얇다고 해도 꼬챙이는 꼬챙이다.

"이거 받으시죠."

"예? 아, 네."

그걸 내게 건네주는 운이철. 나도 모르게 습관적으로 받아 들었다.

나도 모르게 운이철의 말을 듣는다는 서글픔을 느끼기도 전에.

"이거. 설마 살인을 제가 하는 겁니까?"

"설마요. 뭐 비슷하긴 하지만요. 후후."

이거 내가 누구 죽이는 거 아닌가 싶었다.

이 쇠꼬챙이가 뭔지는 몰라도 찔리면 꽤 아플 건 분명하다.

'꼬챙이와 장침 사이려나.'

얇은 걸로 봐선 침 같기도 하지만, 그래도 침도 잘못 꽂으면 훅 가는 건 마찬가지니까. 어쨌건 보통 물건은 아니다.

"죽이는 게 궁금하다 하셨죠?"

"그렇죠."

"꼭 목숨만 죽는다고 죽는 건 아니죠. 잘 보시죠."

화아아아악—

운이철의 눈이 우윳빛으로 물든다. 이능력을 쓴 거다.

과연? 대체 무슨 일을 벌이려고? 그의 이능력은 분석이 아닌가?

한참을 탐색하듯이 놈들 중 하나를 바라보는 운이철.

마침 물의 칼날을 날려 인운성을 죽이려 하던 원거리 딜러를 보고 있었다.

한참 그를 보던 운이철이 외친다!

*　　　*　　　*

"이능력을 끌어 올리세요. 우선은 작게. 그 꼬챙이에 집중해 주세요. 검처럼요."

"어? 그러죠."

화아아악—

깨달음을 얻어선지, 이 얇은 쇠꼬챙이에도 이능력을 불어 넣는 건 쉬웠다.

아주 조금씩. 조금씩.

꼬챙이에 기운을 불어 넣은 지가 얼마나 됐을까.

삐이—

꼬챙이의 끄트머리에 있던 무언가 해괴한 장치에서 삑 하는 소리가 난다.

알림음처럼.

"됐습니다."

"음?"

"그리고 그걸 그대로 찔러 넣으세요. 바로 여기에요!"

운이철이 손가락으로 가리키는 곳. 그곳은 쇄골 부근이 었다.

대체 여기를 찌른다고 뭔 일이 일어날까.

'죽지는 않겠는데.'

고통스럽기는 하겠지만 죽지는 않을 곳이다.

설사 일이 잘못돼서 죽을 거 같다고 하더라도, 힐러라도 부르면 될 일이었다.

"뭐…… 해 보죠."

약간 꺼림칙하기는 하지만, 어차피 적이다.

설마 진짜 죽이는 것은 아니겠지 하고 생각하면서.

기운을 불어 넣은 쇠꼬챙이를 가져다가!

푸우우욱—

잽싸게 운이철이 가리킨 곳에 '정확하게' 내리 꽂았다.

"크아아아아아아아아아악!"

뭐야?

고통스러울 게 분명한 부위기는 한데, 이건 내가 생각하지 못한 일인데?

*   *   *

이능력자라면 누구나 기운이 있다.

나도 운이철도 마찬가지. 여기 있는 놈들도 전부 마찬가지다.

이능력으로 인간 이상의 이능력을 사용하고, 기적과도 같은 일을 해내고는 한다.

그건 이제 와선 상식이나 다름없다.

하지만.

"뭡니까? 이거. 이런 경우는 또 처음인데!"

지금처럼 기운이 날뛰는 것을 보는 건 또 처음이었다.

각성할 때와는 달랐다.

각성은 기운이 날뛰기는 하되, 이런 식은 아니었다.

아무리 그래도 이렇게 찢어질 듯 날뛰지는 않았다.

이런 것은 완전히 처음 본 일이다.

기운 그 자체가 완전히 날뛰고 있었다.

물의 칼날을 날리던 놈과 맞지 않는다는 듯이 계속해서!

아주 미친 듯이! 날뛰고 또 날뛴다.

계속해서.

'뭔 일이 벌어지는 거야?'

대답을 해 줄 운이철은 그저 가만히 바라보고만 있었다.

정말 미쳐버린 매드 사이언티스트라도 된 듯이, 미친 비명이 질러지는 와중에서도 눈을 부릅뜨고 가만 주시하고 있을 뿐이다.

예상했던 일이 벌어졌다는 듯이!

그리고 얼마 뒤.

"하아아아악. 하악……."

미친 듯이 날뛰는 기운에 비명을 지르던 놈.

어느새 온몸이 땀으로 젖어버린 놈이 모든 고통이 싹 사라지기라도 했다는 듯 신음만 내뱉는다.

분명 고통은 다 사라져 보였다.

이성을 잃고, 너무 고통스러워 기절도 못 하던 놈의 몸이 들썩이지도 않으니까.

고통이란 게 정신을 꽤나 많이 갉아먹었는지 멍한 눈을 하고 있는 놈이었다.

그런 놈에게 운이철이 가만 다가간다.

그리곤.

철컹— 철컹—

애써 묶어 놓았던 구속 장치를 풀어준다.

그리곤 잔인한 물음을 던졌다.

"이능력은 어떠십니까?"

"뭐?"

"한번 확인해 보시죠."

*   *   *

놈의 눈이 커진다.

처음에는 당황스러워 한다. 그러다 이내는 두려운 표정을 짓는다.

전에도 봤던 표정이다.

놈을 이능력자로 만들어 줬던 이능력이 내게 먹히지 않았을 때 지었던 표정이다.

일종의 벽에 막혔을 때, 놈은 저런 표정을 지었었다.

그런 표정을 지금에 와서 또 지을 줄이야.

지금은 전투 중도 아니었고, 전투가 벌어지려야 벌어질수 없는 상황이었다. 이능력을 쓸 상황은 더 아니었고.

그런데도 저런 표정을 짓는다는 건.

'설마…… 죽음의 의미가 이런 거였나.'

운이철이 말하는 죽음이 실행된 걸지도 모른다는 생각이

들었다.

맥박이 멈추고, 심장이 잦아드는 그런 죽음이 아니라 다른 죽음.

의미가 다른 죽음이 무엇인지 이제는 알 수 있을 거 같았다.

내가 운이철에게 무언가를 묻기도 전에, 그에게 먼저 매달리는 자가 있었다.

놈이다. 놈이 운이철의 바짓가랑이를 잡는다.

겁에 질려서 묻는다.

"……어, 어떻게! 대체 어떻게! 뭐야, 대체. 이게 뭐냐고!"

반쯤 실성을 한 표정.

행동 하나하나가 미쳐 있었다. 이성을 확실히 잃은 게 분명했다. 완전이 광인이 되어 가는 느낌이다.

구세주, 아니 어떤 신이라도 되는 듯 운이철에게 매달린다.

한참을 울부짖으며 묻는 그.

여러 표현을 쓰지만 결국 물음은 하나였다.

"대체 어떻게 이 일이 벌어지는 거지?"

라는 물음이었다.

자신이 인식하지 못한 어떤 것에 대한 물음이었다.

자신의 이성으로는 인식하지 못할, 아니 인식을 한다고 하더라도 현실을 부정하고 싶어 하는 표정을 하고 계속해서 묻고 있었다.

"……."

"……."

그런 놈을 놈들의 동료들은 놀란 눈으로 보고 있었다.

나 또한 놀란 눈으로 바라보고 있을 뿐이었다. 끼어들기에는 상황이 너무 이상하게 돌아가고 있었다.

한참을 미친 듯이 외치던 놈도. 단 한 사람의 입이 열리자 그제서야 잦아든다.

"이능력이 먹히지 않죠? 사용이 안 되는 거구요?"

"네. 네에. 그렇습니다! 대체 왜……."

끄덕. 끄덕. 끄덕.

미친 듯이 고개를 끄덕여댄다.

저러다 목이 부러지지 않을까 싶을 정도로 미친 듯이!

운이철의 말이 어떤 신의 말이라도 되는 듯 계속해서!

그건 일종의 광기의 자리이기도 했다. 생각지도 못하게 그려진 자리인지라, 나로서는 약간은 얼떨떨한 느낌.

하지만 얼떨떨하고, 당황스러운 거 이전에. 운이철에 대한 믿음이 있었다.

'운이철이니까.'

때로 힘든 일을 시킨다고 하더라도 그는 인의는 지켰다. 최소한의 선이라고 해야 할까. 그런 건 확실히 지켰다.

솔직히 말해서, 우리가 짠 계획과 실행.

그 모든 것을 운이철과 함께 해 왔지 않나.

그 모든 계획과 실행에서 인의를 벗어나는 그런 건 없었다. 최소한의 도리는 지키면서 해 왔다 이 말이다.

솔직히 말해서, 인간으로서 최소한의 도리도 지키지 않으면서 실행을 해 왔다면?

범죄고 뭐고 가리지 않고 다 해 왔다면, 지금보다도 더나은 상황이 됐을 거다.

길드 허가 받겠다고 고생하고 있는 게 아니라, 어디 길드하나 들어가서 휘어잡았을지도 모른다. 길드 간부 한 사람, 한 사람 재껴가면서 어떻게든 차지했을지도 몰랐다.

일인으로서 내 무력을 생각하면 그게 더 쉬운 길이었다.

하지만 그런 길을 걷지 않음은 나나 운이철이나, 그런 길은 절대로 싫기 때문.

아등바등 살아남아서, 두 찌질이들끼리 좋은 세상 만들어 보겠다고 큰 그림을 그리고 있는데 똥을 묻히고 싶지는 않아서다.

결과야 어찌 되든 그 수단이 더러워서는 안 되니까.

그래서 가만 지켜봤다. 아주 가만. 숨소리도 참아가면서.

가만 그를 바라보던 운이철이 사형 선고하듯 말한다.

"이능력을 없앤 겁니다. 아까 말했잖습니까? 죽을 거라고. 그 대가죠."

손을 덜덜 떠는 놈. 어찌 반응을 해야 할지 모르는 듯 멍한 표정을 짓다가. 매달려서 자비를 구하듯 말한다.

"어, 어떻게 안 됩니까? 다시는 이능력을 못 쓰는 겁니까? 제, 제가 아는 건 다 말하겠습니다. 위치고 뭐고 다요!"

"……아까 기회를 드렸을 텐데요?"

"제, 제발요!"

"흠……."

고민하는 척. 가만 턱을 쓰다듬는 운이철.

"……."

"……흐."

그런 운이철을 바라보는 다른 놈들도 오로지 침묵만을 지키고 있었다.

자신의 이능력이 사라졌다고 덜덜 떨면서 매달리는 놈에게 욕조차도 하지 못하고 있었다.

조직의 비밀을 말하고, 구조가 어떤지 등등. 자신이 아는 모든 걸 말하겠다고 말하는데도 아무도 말리는 자가 없었다.

두렵기 때문이다.

이능력자에게 있어서, 특히 헌터에게 있어서 이능력이란 모든 것이나 다름없다.

마치 고기처럼 등급이 결정되고, 그 등급에 따라 힘이 나뉘는 게 이능력자다.

그런 이능력자에게 이능력이 사라진다는 건.

'정말 사형 선고네.'

운이철의 말처럼 사형선고나 다름없을 수밖에 없었다.

"제, 제발!"

아까까지만 해도 기세등등했던 놈이, 이제 와서는 운이철에게 저리 매달리는 것도.

방법이 없을 텐데도 어떻게든 해달라고 말하는 것도, 마치 광인이 되어 가는 것처럼 눈이 붉어져 가는 것도 전부.

자신의 모든 것이나 다름없는 이능력이 사라졌기 때문.

그런 놈을.

"비키시지요."

"……아."

운이철은 가만 한쪽으로 내몬다. 구석으로 보내버리는 운이철.

너무나도 단호해 보이는 모습에, 놈은 어찌 매달릴 생각도 하지 못하고 손만 덜덜 떨고 있을 뿐이었다.

순식간에 폐인이 된 모습이다.

내가 한번 죽을 맛을 보게 만들었던 운상도 저런 모습을 보이지 않았을 정도다.

겉으로만 보면 확실히 불쌍하다.

하지만 먼저 건드린 건 저쪽. 처음 우리 길드원을 죽이자고 나선 것도 저쪽이다.

죽이지 않고 이능력만 없앤 것.

어쩌면 꽤나 자비로운 일일는지도 모를 일인 것이다.

어쨌거나 그런 상황을 만들어 놓고서도 그의 표정은 여전했다.

이 어두운 분위기를 계속해서 유지하려는 듯했다.

그 상태로 남은 자들에게 물었다.

"자, 여기서 또 죽고 싶으신 분 계십니까?"

"……."

"……."

모두가 침묵. 아무런 말도 하지 않는다. 아니 못 한다.

지금 상황에서 잘못 나섰다가는 훅 갈 수 있음을 알기 때문이다. 아무런 말도 없이 이어지는 침묵을 운이철이 만족스럽다는 듯이 가만 바라본다.

그리곤 말한다.

"자, 그럼 여기서 새로운 정보를 얻는 데 도움을 주실 분들? 질문은 아까와 그리 다르지 않습니다."

스으윽——

한 사람이 조심스레 손을 든다.

탱커 중 하나. 덩치가 커서는, 아까 운이철의 조사에 가장 많이 개겨대던 놈이다.

'생긴 거랑 다르게 얍삽하네.'

자신이 여기서 가장 먼저 손을 들면 어떻게든 살아남을 수 있을 거라 여기는 듯했다.

운이철이 그에게 손가락을 까딱한다.

주변 눈치를 가만 보더니, 운이철을 향해서 다가온다.

"조직 이름부터 시작하지요. 이름은?"

"……하성."

그렇게 본격적인 취조가 시작됐다.

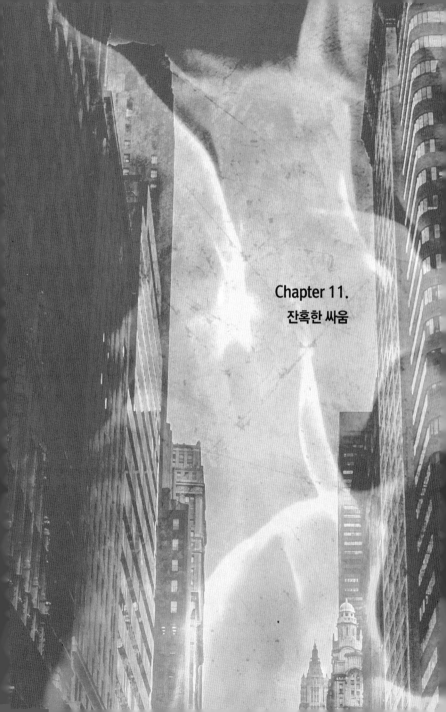

Chapter 11.
잔혹한 싸움

"하성? 흠…… 들어 본 거 같은데."

"겉으로는 공격대로 위장했다…… 아니 했습니다. 규모는……."

자신의 모든 것이나 다름없는 이능력을 잃기는 싫은 건가.

한 명의 희생자를 내서 그런 건지, 저들은 술술 불기 시작했다.

처음에는 별거 아닌 질문들로 시작을 했던 운이철이다.

하지만 시간이 가면 갈수록 더욱 복잡한 것으로 들어갔다.

"그럼 처음 만든 이는? 사건은 누구부터 시작이었지?"

"저도 잘은 모르지만……그게…….."

그러곤 하나씩 대조를 하기 시작했다.

그들에게서 들은 정보를 듣고 기억하고, 교차를 하면서 검증을 하기 시작한 거다.

바로 지금 들은 것을 기록도 없이 기억하고 교차 검증을 하다니.

'역시 대단하네.'

그러면서 틀린 게 있는 지 확인까지 한다?

아무리 생각해도 대단한 일이다. 저게 어떻게 가능한가 싶을 정도다.

그리고 그걸 실제로 실현해 냈다.

"말이 다른데요? 분명 처음 의뢰를 받은 시기가 서로 다릅니다?"

"……저는 거짓말 안 했습니다!"

"저도요!"

"흐음…… 둘 중 하나는 거짓이라는 건데."

"아니, 아닙니다! 너! 네가 거짓말 하는 거잖아!"

"내가 무슨! 개소리 하지 마. 네가 잘못 기억하는 거겠지!"

"이 새끼가!"

별다른 차이가 아닐 수도 있는데, 그는 아주 꼬치꼬치 캐물어 갔다.

서로 기억을 잘못 하거나, 혹은 거짓말을 했던 걸까. 서로 캥기는 게 있으니 다툼까지 벌일 지경.

그런 상황을 만들어 놓고도 운이철은 잘도 계속해서 심문을 해 나갔다.

"흠. 그럼 둘 중 한 분은 거짓이겠군요. 길드장님? 잠시 이리로."

"또 쇠꼬챙이입니까?"

"그게 좋겠죠. 둘 중 하나는 거짓을 말하는 거니까요."

"아니, 아닙니다!"

"죄, 죄송합니다! 다 불겠습니다! 진짜 거짓말은 안 했습니다!"

적당히 협박을 해 나가는 걸로도 협박, 아니 심문은 잘도 되어 갔다.

내게는 운이철이 천사나 다름없지만, 그들에게는 지옥 속의 악마 그 이상으로 보이겠지.

조금의 실수만 있어도 쇠꼬챙이로 위협을 해대니, 그들은 머릿속에 들어있는 걸 세포 한 조각까지 꺼내야 할 판이었다.

신에게 하는 간증. 그 이상으로 절박한 자백이 계속되고 있었다.

'잘되고 있군.'

*   *   *

그렇게 심문을 해나가고 있을 때 나는.

나야 뭐.

그 옆에서 말을 들으면서 나름 정리를 해 나가는 것과 동시에 다른 것도 살펴보고 있었다.

뭘 살피냐고?

처음 이능력이 사라진 놈. 물의 칼날을 사용하던 그 놈이다.

"으으……."

지금은 구석 한구석에 처박혀서, 눈물을 질질 짜고 있는 놈이기도 했다.

서럽겠지. 자신의 모든 것이나 다름없던 이능력이 사라졌으니, 어찌 아니 서러울까.

달리 할 일이 없기도 해서, 그런 놈을 가만 살펴보고 있었다.

직접적으로 살펴보는 게 아니라 기운으로 읽고 느낀달까.

전에는 안 됐겠지만 기운을 세밀하게 이용할 수 있게 되면서 얻은 깨달음을 살짝 응용하는 걸로도 이게 됐다.

'초인에 다가가는 걸지도……'

오감이 강화되다 못해, 기운을 느끼는 일종의 육감이 강화되고 있다고 봐도 무방했다.

그래선지 조금 거리가 떨어져 있지만 놈의 상태가 느껴졌다. 집중을 하면 할수록, 거리를 무시하고 더욱 잘 느껴지는 느낌이다.

그러다가 뭔가 하나를 깨달았다.

"호오?"

전혀 생각지도 못한 걸 찾아설까.

취조를 한참 진행하고 있던 운이철이 나를 바라본다. 내가 갑작스레 소리를 내니 신경이 쓰인 게 분명하다.

"왜 그러십니까?"

"아닙니다. 흐흐, 조사를 마저 하시죠."

"예. 그럼……"

어쨌거나, 그를 안심시키고서는 계속해서 이능력이 사라진 놈을 탐색하던 나는 재밌는 걸 하나 발견했다.

'사기군. 이거.'

지금까지 벌인 모든 일이 작은 쇼일지도 모른다는 그런 발견일까나.

하여간 운이철이 꽤 재밌는 일을 벌이고 있다는 생각이 들었다. 또한 한결 마음이 놓인 기분이기도 했다.

*   *   *

내가 새로운 걸 발견하는 그 사이.

"흠. 이 정도면 만족스럽군요."

"……그, 그럼. 살려주시는 겁니까!"

쇠꼬챙이행 한 번을 제외하고는 폭력 하나 없었음에도, 공포스러운 분위기를 잔뜩 조성했던 취조가 끝이 났다.

그 취조를 끝낸 운이철. 그가 살려달라는 말에 고민하는 듯 한참을 침묵한다.

그러다가 이내.

"역시 여러분을 살려줘서 뭣하겠습니까."

"무, 무슨!"

"설마!"

그동안의 인간적인 면모는 어디로 갔냐는 듯, 잔혹한 선언을 해 버렸다.

그들이 지금까지의 취조에 협조를 한 것에 대한 대가로, 죽음 아닌 죽음을 선언해 버린 거다.

그것에 놀라 소리치는 놈들.

처음에는 당황을 한다. 그러다가 욕설을 하는 건 순식간이었다.

"개새끼야! 살려줄 거라며!"

"살려줘! 살려주세요! 아니 뭐든 할게요!"

"저기 저놈이 제일 나쁜 놈입니다! 저놈부터. 아니 저만은…… 제발."

"어쩌다가 낀 겁니다. 제발요. 저 이번이 처음 하는 일입니다. 집에는 노모도 계시고…… ."

아비규환(阿鼻叫喚)!

무간지옥이 있다면 여길까.

서로가 서로를 고발하고, 서로를 위하기는커녕 어떻게든 아래로 끌어내리려고 하는 장면이 쉴 없이 만들어진다.

어제의 동지가 내일의 적이 될 수도 있는 게 세상이라지만. 이 새끼들은.

'태세변환이 장난 아니네.'

그야말로 우디르 급의 태세 전환이 아닌가. 아주 태세 전환 전문가다.

뭐 나도 '그걸' 눈치채기 전이었더라면 운이철이 비인간적이라고 생각했을지도 모른다.

이능력자에게 이능력을 완전히 없애버린다는 건 정말 죽음 이상의 형벌이 될 수 있을 테니까.

사지가 있던 사람이 사지가 전부 사라진 거보다도 더한 고통이 될지도 몰랐다.

처음부터 없었더라면 모를까. 자신의 이능력을 가지고 그걸 활용해서 악질적인 일들까지 벌이던 놈들이다.

힘이 사라지면 당장에 그들을 노리는 자들이 수없이 많아질지도 몰랐다.

악질적인 일들을 하면서 쌓이는 원한은 발에 채일 정도로 많을 테니까.

그러니 결국 저들에게 이능력을 없애는 건 정말로 '사형선고'나 다름없다.

그걸 하고 있으니, 비인간적으로 보일 수밖에.

"악! 제발!"

"미친! 시발! 다 죽여버릴 거야! 차라리 죽여!"

저놈들이 발광을 하든 말든 간에.

화아아아악—

운이철은 눈을 빛냈다. 그리고서는.

"길드장님, 도와주시겠습니까?"

"흐흐. 물론이지요!"

나에게 도움을 요청한다.

나는 그의 요청을 흔쾌히 받아주며,

화아아악—

그처럼 이능력을 일으킨다. 순식간에 달아오르는 쇠꼬챙이인지 대침일지 모를 것의 모습이 괴기스럽기만 하다.

삐이이익—

이제 되었다는 신호음이 들리자마자.

"여기. 여깁니다!"

이번에는 어깨에 있는 쇄골이 아닌…… 그곳을 가리키는 운이철.

"정말 여기를 해야 합니까?"

"물론입니다! 이동하기 전에 어서 해 주시죠!"

"……아씨."

하필이면 그곳일 줄이야.

어째 경기 서부만 오면 이러는 거 같은데.

그래도 완전히 그곳은 아니니까. 그곳은 아니고. 그곳의 옆에 가까우니까.

그래 젠장. 그곳이 항문이다. 운이철이 가리킨 곳은 항문의 가까이에 있는 엉덩이 주변…… 이랄까?

'하…….'

어째 잘나가다가 이상한 데로 또 새는 느낌이다.

그래. 내가 원래 이렇지 뭐. 항상 잘 나가다가 이상한 불노예도 되고 하는 놈이 나 아니었던가.

운이철이 그곳이라고 하면 그곳이 맞는 거다.

젠장.

카르페디엠(carpe diem)!

현재를 즐기라는 말도 있지 않은가!

과연 여기서 현재를 즐겨야 할지는 모르겠지만, 피할 수 없는 상황이다.

피할 수 없으니 즐기자. 그러니.

"그럼 들어갑니다!"

푸우우우욱—

거기에 한 방 크게 놔주는 나.

아비규환의 상황에 어울리지도 않게 꽤나 상큼한 울림이었다.

그래도 진짜 그곳은 아니었다. 그곳의 주변. 그러니까 엉덩이…… 하. 됐다. 말을 말자. 어쨌거나 나만 아니면 됐다.

"크아아아아아아악!"

그곳에 첫 경험(?)을 하자마자 울려 퍼지기 시작하는 고통스런 울림.

"으으……."

"시. 시발!"

"나도 저기면 차라리 죽여!"

나야 이 상황을 아니, 상관이 없다지만 놈들은 그게 아니지 않는가.

놀라다 못해서 발광을 한다.

그곳에 대침이 크게 한 대 놓이느니 죽여달라고 발악하는 놈들도 있을 정도다.

"주, 죽여줘! 크흐……."

쿠웅— 쿵—

자살을 하려는 듯 바닥에 머리를 찧는 놈들까지!

"안 됩니다. 그렇게 죽을 순 없죠."

발악을 하는 놈들을 운이철이 눈 깜짝 안 하고 말린다.

그리곤 그대로. 이능력을 유지하고 있는 눈으로 다른 곳을 가리킨다.

"여기로 해 주시죠!"

그런 운이철을 보면서.

'이 양반도 연기력 하나는 좋아.'

하여간 저 양반도 능글맞다는 생각이 든다. 어쨌거나 장단을 맞춰줘야겠지.

다시.

푸우우우욱—

그의 말에 맞춰 큰 대침을 놓기 시작한다.

"크아아아악!"

또 다시 이어지는 비명.

이능력의 기운이 날뛰는 고통으로 인한 비명이기에, 그 소리가 아주 공포스럽기 그지없었다.

미친 듯이 소리치는 가운데.

"바로 여기요."

푸우우욱—

운이철의 말이 선언하듯 계속해서 들려온다. 그에 맞춰

푸우욱— 푸욱— 푸우욱—

찌르는 나.

"크아아악!"

터지는 비명.

딱 열 명. 그 모든 인원이 전부 대침형(?!)을 받게 되고 모두 이능력이 날아가 비명소리가 잦아들기 시작했을 때.

운이철이 아주 작게 그들에게 희망을 던진다.

"다시 살아날 수도 있습니다. 후후."

"어!?"

"저, 정말입니까!"

그들에게는 악귀로 보였던 운이철이 그 순간엔 천사로 보이지 않았을까 하는 생각이 들 정도였다.

다들 놀라서는 운이철에게로 다가온다.

하나 운이철은 그들의 뒤로 슬쩍 빠지면서.

"조용. 다 당신들이 어찌 하느냐에 따라 다르지요."

"......."

꿀꺽—

모두가 침묵했다. 누군가의 침 삼키는 소리만이 들릴 정
도로 조용해진다.

그때 운이철이.

"우선은 다음에 이야기하도록 하죠. 얌전히들 있을 수
있겠죠?"

"......."

취조의 종료를 선언한다.

큰 고요함.

싸늘한 고요함만이 여기 있는 모두의 가슴을 서늘하니
스쳐 지나가는 느낌이었다.

*　　　*　　　*

쿠웅—

문이 닫힌다. 닫히는 그 순간까지도 감히 침묵을 깨는 자
는 없었다.

"......."

"......."

열이나 되는 인원이 있지만 숨 쉬는 소리 정도가 그나마

들리는 소음이었다.

옹마저도 저들이 안되어 보인 건지, 아니면 그새 더 길들여진 건지 몰라도 가만 침묵을 하고 있을 정도였다.

아주 조용한 가운데.

"그럼 내일 보지요. 아, 식사는 보내드리도록 하겠습니다."

운이철은 별일을 벌인 것도 아니라는 듯 차분한 얼굴로 인사를 올린다.

거대한, 아니 작은 쇼지만 대단한 명극(名劇)을 한 편 본 느낌이었다.

무대의 방청객은 옹. 엑스트라는 저들 열 명. 주연은 운이철. 나는 준조연 정도가 돼서 만들어진 대단한 한 편의 극이었달까.

정말 생각지도 못한 연기였다.

그렇기에 지하의 문이 닫히고 우리 둘만이 있다는 것을 확인하자마자 쏘아붙이듯 외쳤다.

"역시 사기꾼!"

"무슨 소리십니까? 제가 사기꾼이라뇨?"

이런 능글맞은 사람 같으니라고.

내가 이능력을 다루는 것에 대한 깨달음이 없었더라면, 아니 조금만 지금까지의 경험이 부족했더라면 깜빡 속아 넘어갔을지도 모른다.

하지만 분명 나는 아까 봤다.

그가 한창 취조를 하고 있을 때.

물의 기운을 쓰던 놈. 가장 먼저 대침형을 받은 자를 보고 홀로 알아냈다.

"완전히 죽인 거 아니잖아요? 그죠? 흐흐."

"호오? 어떻게 알아내셨습니까?"

역시. 아니라고 안 하는군.

'맞췄다.'

운이철이 가르쳐주지 않았는데도 내가 맞추는 경우는 굉장히 드문 경우였다.

그렇기에 마치 큰일이라도 한 것 같은 뿌듯함이 가슴속에 자리했다.

그가 궁금해하는 표정을 짓는다.

자신이 설명도 안 해줬는데 알아 낸 것이 진심으로 궁금한 거 같기는 하다.

가만 그 표정을 음미하듯 바라보다가, 남자 얼굴은 그리 오래 바라볼 것이 못 되는지라 바로 설명을 시작했다.

"기운을 읽었죠. 아주 잘게 흩어졌지만 분명 있던데요?"

"기운을요?"

"예. 전보다 더 쉽게 느끼거든요. 이래 봬도요."

"흠?"

가만 생각을 하던 운이철. 그러다가 이내. 내가 가르쳐주지도 않았는데 한 걸음 더 나가 버린다.

"전보다 강해지셨군요? 오크를 사냥하러 가서요. 그래서 예정보다 오래 걸리신 거구요, 그렇죠?"

역시 운이철!

가르쳐 주지도 않았는데, 작은 조각과도 같은 힌트들을 듣고서 알아낸다. 천재는 천재다.

굳이 아니라 말할 필요가 있나. 다른 이는 몰라도 이서영이나 그는 믿을 만한 존재다.

"빙고! 바로 맞췄습니다. 그래서 기운이 느껴지더군요. 그놈. 기운이 아주 작게 흩어졌더군요."

"바로 맞췄습니다. 저랑 길드장님 둘이 있어야 가능한 짓이긴 하죠. 그 기계, 맞춰 제작한 거니까요. 후후."

"생각도 못했습니다. 그런 거. 뭐 이런 식인 거죠?"

내 나름대로 추리한 것을 신이 나 말했다.

분명 처음부터 놈들을 죽이겠다고 나섰던 운이철이다.

누군가를 죽인다고 하는 건, 여린 성품을 가진 운이철이 하는 말치고는 너무 강렬한 말이었다.

평소의 그에게는 전혀 어울리지 않는 말이었다.

캐릭터가 달라졌다고 할 정도로!

그래도 다름 아닌 그가 한 말이다. 그를 믿으니 따라줬다. 과연 어떻게 하는가 보자는 마음도 분명 있었다.

그런데 웬걸?

쇠꼬챙이 하나와 분석을 해내는 자신의 이능력을 가지고서 상대의 이능력에 '사형 선고'를 할 줄이야.

정말 생각지도 못한 일이었다.

나도 처음에는 장침 형을 당한 놈들의 비명을 보고서 정말 이능력이 완전히 사라진 건 줄 알았다.

하지만 아녔다.

'그렇게 막나가는 사람은 아니지.'

운이철이 그렇게 미친 사람은 아니었다.

정말로 이능력자에게는 죽음이나 다름없는 이능력의 제거를 한 것은 아녔다.

'비슷하기는 하지만.'

나의 기운을 불어 넣은 장침을 맞은 놈들. 놈들은 이능력이 사라진 게 아니었다.

단지 말 그대로 잘게 흩어졌을 뿐이었다.

몇십 개의 기운으로 완전히 흩어져서, 몸에 분명 존재하고 있었다. 없애버린 것은 아닌 것이다.

아마.

'쇄골이나…… 그곳은…….'

운이철이 찌르라고 한 곳들은 전부 그놈들의 기운이 모여 있는 곳일 거다.

나는 불의 기운이 단전에 모이지만, 다른 놈들도 모두 단전인 것은 아닌 듯했다.

물의 기운을 쓰던 놈은 쇄골이고, 또 어떤 놈은…… 그래, 그곳(?)이고!

어쨌거나 다들 기운이 있는 곳은 다른 듯했다.

그걸 운이철은 자신의 '분석' 능력으로 어디에 있는지 살펴보고서는, 나의 기운을 이용해서 장침을 박아 넣게 한 거다.

'……쇠꼬챙이 같기도 하고.'

뭐 하여튼 장침인지 쇠꼬챙이인지 그것을 정의하는 게 중요한 건 아니니까 넘어가고.

어쨌거나 그 기계로 기운을 잘게 흩트려 놓았을 뿐이다.

그걸 나는 한참 신이 나듯 설명했다. 그리고 마지막에 물었다.

"맞죠?"

"바로 맞췄습니다. 꽤 많이 아셨는데요?"

역시. 맞췄다. 뿌듯한 느낌이 다시금 새삼 느껴진다.

그러면서 동시에 궁금증도 들었다.

"근데 그거 어떻게 다시 살릴 수 있습니까?"

"하하, 그거 사실 제가 건드리지 않아도 되긴 합니다. 시간이 필요하긴 하지만 홀로 회복할 수 있거든요. 이능력이란 것도요."

"정말요? 대단한데요?"

"사람이 자기 상처를 느리긴 해도 수복해 내듯, 이능력도 비슷한 속성을 지녔죠."

이능력도 자가 치유가 가능한 건가.

느리든 빠르든 그런 기능이 있다는 건 나는 전혀 생각지도 몰랐다.

그래서 놀라 물었다.

"그런 건 대체 어떻게 알게 되신 겁니까?"

궁금증에 물었었던 거다. 대체 어떻게 알게 됐는지 그런 궁금증에!

하지만 운이철의 분위기는 나의 그런 이야기를 듣자마자 금세 바뀌기 시작한다. 마치 꺼내지 말아야 할 기억을 꺼낸 느낌.

그렇지만 숨길 것도 없다는 듯, 조심스레 이야기를 시작했다.

"후. 그러니까. 그게……."

　　　　*　　　*　　　*

　운이철의 말을 들었다.

　장침 형을 내릴 때보다도, 그 원리를 어떻게 알아냈는지
에 대한 이야기를 할 때에 더욱 피로해 보이던 운이철이다.

　그는 내게 하던 모든 설명이 끝나자마자, 큰 피로를 느낀
듯.

　"일단 오늘은 쉬도록 하지요."

　"그래요. 그럼…… 들어가세요. 오늘 고생했습니다."

　"기환 씨, 아니 길드장님이야말로 고생했지요. 그럼 먼
저 들어가 보겠습니다."

　피곤한 표정을 하고서는 먼저 들어갔다.

　　　　*　　　*　　　*

　타악―

　나도 그런 그를 보내고서 오랜만에 왔다는 환영 인사를
하기보다는 심각한 표정으로 내 방으로 들어섰다.

　그리고 내려진 결론은.

　"역시…… 헌터 관리원도 더럽긴 하군."

　역시 깨끗한 곳은 단 하나도 없다는 거.

운이철이 뛰어난 능력을 가지고서도 헌터 관리원에서 따 아닌 따를 당했던 이유.

비인간적인 실험에 참여하지 않아서였다.

'코어. 핵. 중심체. 단어는 많다 했나.'

사람, 아니 이능력자마다 이능력이 다르지 않나.

이능력의 핵심이 있는 곳도 사람마다 다 다르다고 한다.

나는 단전으로 생각되는 곳에 불의 기운이 쌓인다면 누군가는 쇄골에, 또 누군가는 심장 같은 곳에 쌓이는 식이란다.

그걸 처음 발견한 게 헌터 관리원의 연구원 하나란다.

그리고 거기서부터 조금씩 실험에 들어갔다던가?

"사람은 자신이 가지지 못한 것을 갖고 싶어하니까요."

운이철이 말한 서글픈 이유.

가지지 못한 것을 갖고 싶다. 그런 이유. 혹은 연구라는 명목하에 알게 모르게 실험을 벌였다고 한다.

이능력자가 가진 이능력의 중심.

핵이든 코어든 아직 이름도 정해지지 않은 그 무엇을 발견했으니, 그걸 만들어 낼 수도 있지 않을까? 아니면 추출은? 잘만 하면 이능력자를 만들어 낼 수도 있지 않을까?

하는 그런 생각에서 실험이 자행됐다고 한다.

법적으로야.

'이능력자에 대한 인체 실험을 금한다.'

라고 명시가 되어 있기는 하다.

하지만 어디 법만 지키는 사람들만 있던가.

오늘 잡혀서 장침 형을 받은 놈들만 하더라도 법의 테두리에서 한참은 벗어난 놈이었다.

헌터 관리원도 마찬가지였다고 한다. 적어도 연구소는 확실했다.

"연구라는 명목하에 심한 짓을 하더군요. 하하, 그런 곳인 줄은 지원하고 나서야 알았습니다."

운이철이 알기로 죽은 이능력자의 시체를 가지고 실험을 했다고 한다.

하지만 깊게 들어가면 과연 죽은 이능력자의 시체만을 가지고 실험을 할지는 모르겠다고 한다.

그런 연구에 참여하라는 제안을 조심스레 받았지만.

"거절했었습니다. 그런 비인간적 행위는 할 수 없으니까요. 그래서 따를 당했죠. 뭐 그런 겁니다."

완전히 거절을 했다고 한다.

그래도 나중에 대충 눈치를 채고, 나에 대한 계획을 짜고 몬스터를 잡는 전략을 짜면서 조심스럽게 정보들을 몇 개 빼왔었단다.

빼온 정보를 가지고 실험은 하지는 않았어도 이론적으로

토대도 나름 쌓았다던가?

그렇게 만들어진 게 아까의 그 장치. 장침이란다.

"저도 같은 놈일지도 모르죠."

그렇기에 서글픈 표정을 지은 듯 했다.

"아뇨. 절대로 운이철, 당신이 그런 사람은 아닙니다. 절대로요."

나의 위로 아닌 위로에 조금은 괜찮아진 표정을 하고 돌아가긴 했다.

그렇지만 그의 서글픔의 정체를 아니, 가슴 한편이 좀 답답해졌다.

"썩었어. 완전히."

내가 살아가는 곳. 또한 발을 디딘 헌터계가 참 여러모로 썩었다고 느껴졌달까.

오늘 잡아넣은 그놈들은 물론이고, 헌터를 관리해야 하는 조직이라는 헌터 관리원의 연구소도 그런 종류일 줄이야.

헬조선. 헬조선 하지만 헌터계도 이 정도일 줄은 몰랐다.

그러니 답답할 수밖에.

또한 그러면서도 한편으로는, 전의를 불태웠다.

'하나씩 바꿔 가면 되겠지.'

나와 운이철이 짠 계획.

왕이 된다고 말한 그 계획대로만 된다면, 조금이라도 아니 아주 많이라도 세상을 바꿀 수도 있을 테니 태우는 전의였다.

그러니 우선은 그 첫걸음으로.

"저놈들부터 족쳐봐야겠지. 길드 등록도 슬슬 해야겠고."

눈앞에 딱 걸린 놈들부터 조져야겠다.

움직이자.

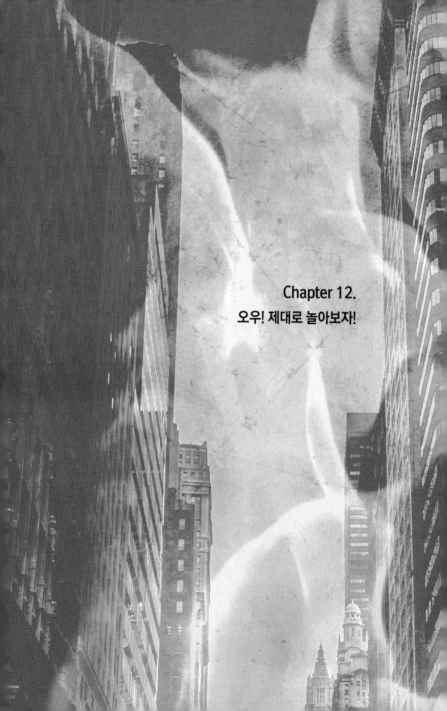

Chapter 12.
오우! 제대로 놀아보자!

    '지들이 뭔 예술가도 아니고. 왜 이런 곳에 자리를 잡았데.'

    경기 서부라고 해야 하나. 파주에 속했으니 북부에 좀 가깝다고 봐도 무방할 거다.

    경기 북부는 서부만은 못하기는 하지만 사냥터가 분명 존재했다.

    타악—

    지금 내가 발을 대딛는 곳도 그런 곳 중에 하나였다.

    아니 정확히는 사냥터와 인간의 영역의 딱 중간 정도.

    사냥터와 너무 가까워서 민간인이 살기에는 뭐하지만,

헌터들은 나름 자리를 잡기에 좋은 곳이 딱 지금 이곳이었다.

"예전에는 여기가 예술 마을이었다고요?"

"그랬죠. 하지만 지금은 몬스터 때문에 전이랑은 상황이 달라졌다고 하더군요."

"그래 보이기는 하네요. 쓸데없이 음습해졌어요."

예술 마을이라니.

곳곳에 있는 건물. 아이들을 위한 시설.

휴식을 취하기 위한 벤치들에. 잘 만들어졌었을 게 분명한 보도블럭.

거기다 간간이 있는 예술 조형물들은 이곳의 특색을 잘 보여주고 있었다.

사람이 많았더라면, 꽤 재미난 곳이었지 않을까 싶은 곳이었다.

처음 내디딘 곳이지만 몬스터가 나오기 전에는 꽤 괜찮은 곳이었을지도 모르겠다는 생각이 들 정도였다.

하지만 지금은 조금은 음습하고 을씨년스러웠다.

몬스터의 사냥터와 가까운 곳이니, 민간인이 적어서 그렇다.

큰 시설이라고 해 봐야 사냥터에 들어서는 헌터를 위한 상점 몇 개. 숙박 시설 몇 개.

뭐 그런 식이었다.

그마저도 폐허나 다름없는 경기 서부에 비해서는 훨씬 나은 모습이다.

거기에 비해서 여기는 시가지나 다름없었다.

내 길드가 있는 곳이 이 정도만 돼도 소원이 없을 정도였다.

그래도 지금 속도대로라면.

'금방 되겠지. 공짜 인부들도 구했으니까.'

예상보다 더 빨리 될 거다.

어쨌거나 중요한 건 여기부터 처리하는 것이다.

'시간이 금이니까.'

말 그대로 시간이 금이다.

혹시 모를 상황이 그려질 수 있는지라 이곳에 오기 전부터 파티 단위 사냥은 금하도록 했다.

비효율적이더라도 안전을 위해서 최소 열다섯씩 다니면서 사냥을 진행하도록 했다.

덕분에 길드의 수익이 당장은 떨어진 상태다. 앞으로도 계속 떨어질 거다.

그런 상황을 어서 없애려면 이곳부터 정리해야 했다.

하지만 일이 급해도 순서란 게 있다.

당장 길드의 강자가 전부 빠져버리면 본진 자체가 위험

할 수 있었다.

빈집털이 당한다는 소리다.

'저쪽 다 파악해 놓고 너무 조심하는 거 같기는 하지만……'

그래도 만사가 불여튼튼이다. 과하게 준비해 놓고 보면 나쁠 것이 없었다.

그래서 막상 온 숫자는 딱 셋.

나. 윤이철. 한서은.

이서영도 오고 싶어 했지만, 당장 그곳을 지킬 강자라고 하면 그녀기에 어쩔 수 없었다.

이런 일에 한서은이 경험이 많기도 하니 밀린 것도 있기는 했다.

"후후. 재밌겠네요."

"재미보다는 어서 처리해야죠."

"칫. 알았어요. 그래도 이건 데이트로는 안 쳐주는 거 알죠?"

"물론이죠."

"잊지 않고 있다고요. 데이트?"

크흐. 분명 한서은과 데이트 한 번 했다. 그래도 또 데이트 약속이 잡혀 버렸다.

'허경석 그 새끼……'

그놈이 말한 어둠의 중2병의 여파다.

중2병의 사건을 말하지 않는 대가로 데이트 한 번이 더 추가됐다.

그녀와 데이트가 나쁜 건 아니지만 아무래도 이런 식으로 데이트가 연결되는 건 좀.

'……좋은 건가.'

에이 모르겠다. 좋은 게 좋은 거지.

어쨌거나, 셋이서 바로 움직여야 했다.

"이곳입니다."

운이철이 방향을 잡는다.

그곳을 아주 은밀하게 스치듯 지나가고 있는 우리였다.

*　　　*　　　*

하성. 겉으로는 공격대. 뒤로는 길드들의 뒤치다꺼리를 생업으로 삼는 전문 범죄자 조직.

한창 잠들어 있어야 할 시간에 난리가 난 그들이었다.

범죄 조직치고는 '하성'이라고 간판도 달아 놓고서, 참 그럴싸한 건물도 가지고 있는 그들.

하나같이 사치스러운 성격이라도 가진 건지 온갖 사치로 건물 전체를 도배를 해놓았다.

허나 당장의 그들로서는 그 사치를 즐길 새가 없어 보였다.

표정이 꽤나 다급해 보였다. 말했듯 난리가 났으니까.

이유야 알 만하지 않은가.

"연락이 안 돼? 벌써 이틀이잖아?"

"이거 다 당한 거 아냐?"

무려 열 명이 당하지 않았나.

길드 크기에 거의 육박한다고 하더라도 길드보다는 분명히 작은 곳이 하성이다.

공격대 수준이라 이 말이다.

그중에서 열 명이나 사라졌다고 하는 것은 꽤나 큰 일이 될 수밖에 없었다.

그들 나름 발 빠르게 움직이기는 했다.

"말이 되냐! 열 명이나 사라졌다고. 나머지는 어때?"

"우선은 빠지라고 했다. 일이 벌어지고 있는 거 같기는 하니까."

우선 작업을 위해서 나가 있던 자들을 다 뒤로 뺐다.

당장 자라난 길드를 상대로 작업을 해내지는 못한다고 하더라도, 조직원부터 챙긴 거다.

희생이 나든 안 나든 간에 상관없이 일부터 진행하는 다른 조직들에 비하면 꽤 의리 있는 모습이기는 했다.

그래 봐야 일 생기면 한순간에 배신할 그런 의리긴 하지만 말이다.

그래 놓고도 불안한지, 서로 계속해서 이야기를 나눈다.

"이거 함정 아니냐? 다른 조직 같은데?"

"젠장! 그건 나도 모르지! 우선은 애들이 와야 뭘 알 거 아냐. 나가 있던 놈들은 뭘 알겠지."

"후우…… 알았다. 알았어. 일단은 애들 불러 모아보자. 다른 쪽 애들도 모아보자고."

덩치가 큰 쪽이 하상용.

덩치가 작은 쪽이 김새별.

하상용 쪽은 탱커고, 김새별은 딜러다.

둘 모두 하성의 중심이다. 처음 둘이서 이쪽의 일에 발을 담그며 하성이 시작됐고, 둘에서 셋 넷으로 늘기 시작하면서 덩치를 키워왔다.

하나보다는 둘이 낫다지 않나.

범죄를 저지르는 주제에도 나름 둘끼리는 의리가 있어선지, 둘의 능력을 합해서 조직은 금방 컸다.

특히 김새별이 거대 길드에 인연이 있었던 게 크게 작용하기도 했다.

이번 자라난 길드에 작업을 하는 일도 김새별이 인연이 있던 거대 길드 덕분이었을 정도다.

여러 개 작은 일에 굵직한 일도 맡고 잘 크고 있었다.

'젠장. 어쩐지 요즘 들어 잘 나가더라니.'

그런데 생각 외의 상황이 벌어지고 있었다.

이런 식이면 항상 피해가 발생하곤 했다.

이번 일만 끝나고 나면 조직의 내실도 다질 겸. 잠시 쉬려고 했는데 말짱 도루묵이 됐다.

'크기는커녕, 복구해야 할지도 모르겠네. 씁……'

하상용의 표정이 심상치 않았다.

"이거 진짜 큰일인 거 같은데…… 젠장…… 감이 이상해."

머리는 떨어지지만 감 하나만큼은 제대로 들어맞곤 하는 하상용이었다.

그런 하상용이 불안해 할 때마다 일이 터지곤 했다.

보통은 그가 불안해하는 걸 이용해서 위험을 빠져나가고는 했다.

문제는 지금 뭐가 문제고, 뭐가 위험인지 감을 잡기가 힘들다는 거였다.

하상용이 감을 잡으면 김새별이 생각을 해내야 했다.

'대체 뭐지?'

김새별의 머리로 여러 가지가 스쳐 지나간다.

다른 작업 치던 곳이 들켰나?

'아닐 건데. 거기는 애들이 문제가 없었어.'

설마 다른 조직이 건드렸나?

'그럴 리가…….'

요즘 이쪽이 가장 잘나간다. 이쪽 세계에서는 하성에서 시작해서 중성, 상성으로 올라간다는 우스갯소리도 하는 놈도 있을 정도였다.

아 물론, 그런 아재개그 같은 놈을 해준 놈에게 김새별은 아주 크게 뒤통수를 때려줬다.

퍽하고!

당장 그런 게 중요한 건 아니고.

김새별로서는 떠오르는 게 없었다.

대체 하상용의 감을 계속해서 불안하게 만드는 게 뭔지 떠오르지를 않았다.

'설마 자라난? 거기서 열 명이 사라지긴 했어도…… 그 놈들 자체가 문제는 아닐 거 같은데…….'

자라난 길드일까 생각을 하다가 머리를 휘휘 젓는다.

그가 보기에 자라난 길드는 신생 길드다.

그들, 하성이 신생 길드를 어디 처음 공격해 봤겠는가?

자라난 길드 이상으로 보이던 유망주들도 몇 번 작업을 해봤던 하성이다.

'말이 안 되지.'

아무리 유망주라도 소용이 없었다.

열 장정으로 한 도둑 못 막는다고 하지 않나.

인원은 문제가 안 됐다.

인원이 하성 쪽이 더 작아도 제대로 작업하고 들어가면 항상 이기는 쪽은 하성이었다.

작업을 잘 쳐서 웬만한 길드에 맞먹는 곳들을 잘도 고꾸라트렸다 이 말이다.

똑똑한 사람도 마음먹고 사기 치면 사기 당하듯이. 제대로 작업에 들어가면 망하는 쪽은 항상 상대편이었다.

물론 때때로 작업을 하다 보면 예상외의 능력을 보이는 곳도 분명 있었다.

하지만 그런 건 신생길드가 아니었다.

되려 숫자는 적어도 똘똘 뭉친 공격대가 작업하기 힘든 경우가 많았다.

아니면 거대 길드는 못 돼도 경험이 많이 쌓인 공격대가 차라리 더 어려웠다.

급격하게 인원을 늘린 자라난 같은 신생 길드야 아직 내부 규율도 없고, 정리도 안 되는 곳이라 더 작업이 쉽다 이 말이다.

그래서 우선 그 쪽은 제외를 하고 보는 김새별이었다.

문제는 당장 뭐가 문제인지 파악이 안 된다는 것.

"으으…… 불안하다고."

"젠장. 어쩔 수 없네. 그럼 우선은 당장 움직이고 보자고!"

머리로 안 될 경우에는 우선 몸이 움직이는 게 가장 나았다.

더 분석하기를 멈춘 김새별은 당장 금고에 있는 돈들부터 챙겼다.

오만 원권들이 잘도 안에 들어간다.

그거면 됐다. 다른 짐이라곤 더 챙길 것도 없었다.

"가자!"

"그래. 가자."

아예 떠나자는 말에 그제서야 불안감이 가시는지 하상용이 전보다는 조금 나아진 표정을 짓는다.

그래 봐야 여전히 식은땀을 뻘뻘 흘리기는 하지만, 하얗게 변했던 얼굴은 금방 제 색을 찾았다.

"바로 움직여! 애들은 챙기고!"

"알았다고!"

＊　　＊　　＊

그렇게 그들이 '하성'이라고 멋스럽게 간판을 올린 곳을 떠나고 얼마 뒤.

콰아아아아앙—

김새별과 하상용의 보금자리나 다름없는 건물의 문이 깨져 나간다. 아주 보라고 광고하는 듯 크게!

"뭐야. 이 새끼들? 내뺐네?"

"흠. 빨리 왔다고 여겼는데, 술래잡기가 되겠는데요?"

"어서 다 쳐 잡읍시다. 시간도 없는데."

"그래 볼까요. 어디 보자."

화아아아악—

운이철이 눈을 밝힌다. 분석을 통해서 흔적을 찾아보는 거다. 그리고 그 옆에서.

"헤에…… 보자."

이런 쪽의 경험을 여러 번 해 본 한서은이 가세하고 있었다.

하성에서 꽤나 고통스러울 술래잡기가 시작됐다.

*　　　*　　　*

사람이 없다. 기껏 찾아왔는데도. 젠장할이다.

"제대로 도망갔는데요?"

"이런 일은 감이 좋아야 하는 거니, 그럴지도요."

곳곳이 사치투성이다. 평상시라면 이런 것을 보고 마음이 동하기는커녕,

'왜 이런 데 돈을 쓴데?'

라고 생각하고 넘겼겠지만. 어차피 목숨 걸고 싸우는 사이 아닌가.

이쪽은 정말 목숨을 걸고 싸우고, 저쪽은 이능력을 걸고 싸우는 게 차이라면 차이지만.

어느 쪽이든 정말 목숨과 같은 거다.

'비참하게 살다 죽냐, 바로 죽냐의 차이니까.'

고로 걸릴 거 없는 상황이고. 법이고 뭐고 간에 챙길 것은 챙겨야 하는 상황이라 이 말이다.

전쟁이나 다름없는데, 도의니 법이니 따질 거 없잖나. 해서.

"이것들부터 싹 챙겨 보죠?"

"흐음……."

운이철도 반대는 안 하는지 눈을 빛낸다. 한서은이야 뭐 벌써.

"이거 값나가는 건데요? 경매에 나와서 탐났던 건데, 못 건졌거든요. 이건 제가 가져도 되죠?"

"……네 뭐. 그게 왜 있는지는 모르겠지만요."

금고 비스무리하게 잘 만들어진 걸 열어 재꼈다.

그리고는 자기가 챙기겠다고 하는데. 이놈들.

'취향이 독특한데?'

내가 알기로 조직의 구성원 중에 여자는 굉장히 소수인데? 어째 금고인지 옷장인지 모를 그것에.

"……메이드 복이로군요."

"그러게요."

어째서 메이드 복이 있는 걸까나?

여장남자라도 있는 건가? 제정신이 아닌데?

헌터 일 자체가 제정신으로 할 만한 일은 아니라는 건 알지만, 이건 좀 너무 멀리 간 느낌이다.

우리로서는 별거 아닌 옷일 수밖에 없지만.

"어머…… 이런 특제가! 어멋! 이건! 한정!"

한서은으로서는 눈을 빛내면서 좋아할 정도다.

좋은 게 좋은 거라고 챙기게끔 하는 게 좋겠지. 어차피 여기 이게 있어 봐야.

'……특이 취향용일 테니까.'

바른(?) 곳에 쓰게 하는 게 좋았다.

어쨌거나 전쟁의 전리품을 챙기고서는 바로 벗어났다.

＊　　　＊　　　＊

그 사이. 꾀 많은 토끼는 굴을 여러 개 판다고 하지 않나.

토끼도 아닌 사람은 더 많은 굴을 파놔야 하는 게 인지상정!

자신의 사무실에까지 몰래 감시 카메라를 설치해 놨던 김새별로서는 카메라 사이로 비치는 것을 보고서는.

"저 새끼들! 내가 저걸 어떻게 만들었는데!"

"크흐……."

한참 절규를 하고 있었다.

그게 특이 취향이든, 뭐든 간에 자신의 컬렉션이 털리는 모습이란!

마치 명절날에 조카가.

"잠깐만 가지고 놀게, 삼촌!"

하고서는 건담의 뿔만 꺾어내는 만행과 단 하나도 다를 바가 없었다.

뿔은 건담 그 자체이고, 전부나 다름없다. 그 뿔이 꺾이는 그 느낌이란!

다른 어떤 사치스런 장식보다도, 컬렉션 하나 뺏어 가는 것이 상상 이상의 타격을 주는 걸 게다!

이것이야말로 모든 덕들의 같은 마음!

어쩌다 보니 덕질로 사냥과 작업의 스트레스를 풀고 있던 그로서는 이성이 날아가기 직전이었다.

그래도 건담의 뿔과 같은 소중한 걸 날려 먹는 대신에 정보라고 할 만한 것은 분명 얻어 낼 수 있었다.

감시 카메라의 영상에 나타난 자를 보고서도, 얼굴을 기억하지 못할 만큼 김새별은 어리숙하지 않았다.

"자라난 길드로군."

"길드장부터 시작해서 다 왔네. 핵심은 거의. 듣던 대로라면?"

하상용도 이제는 불안감이 좀 가신 듯했다.

불안감의 정체를 알게 되었으니 불안이 조금이나마 잦아든 거다.

역시 정체를 아예 모를 미지의 존재보다는 조금이라도 아는 게 불안감을 삭이는 데는 훨씬 유용했다.

거기에 더불어 어디에 분노를 풀어야 하는지도 알았으니.

"애들 모아. 어차피 핵심만 족치면 된다. 이번에 돈이 얼마 들든 간에 저놈들부터 조지면 돼."

"다른 애들도 모아? 쟤들 세기는 할걸?"

직관적인 말투다. 본능적으로 불안감을 느끼듯 직관도 강한 하상용이었다.

그 말에, 이미 건담의 뿔이 날아간 것과 같은 분노를 느끼고 있던 김새별은 반대하지 않았다!

"당연하지. 돈이 문제냐. 본진이 털렸다고. 이건 자존심 문제야! 현상금도 다 걸어버려. 이 돈이면 충분하다고!"

탕탕—

금고에서부터 미리 챙겨왔던 돈이 담긴 가방을 두드리는 김새별이었다.

그가 조금만 더 이성적이었더라면, 이 자금은 나중을 위해 남겨두었을 것이다.

하지만 이미 이런 일에 몸을 담글 때부터 이성적이라는 말과는 담을 쌓고 살아왔을지도 모를 그였다.

하상용도 마찬가지인지.

"그래! 그러자고! 돈은 금방 벌면 돼!"

"어차피 마무리만 지으면 나머지 의뢰금도 들어온다고. 저 핵심만 털면 길드도 없어질 거다!"

"흐흐흐흐…… 해보자. 애들 불러 모을게."

"옳지! 바로 움직여!"

그놈의 자존심이 뭐라고. 상황이 더 막장으로 돌아가기 시작했다.

*   *   *

추격전은 계속해서 이어졌다.

길드 등록에서부터 시작해서, 길드 내부에서도 할 일은 많은데 이 꼴이라 이 말이다.

'이럴 줄 알았으면 길드원들한테 사정 설명 좀 하고 올걸 그랬나.'

이서영이나, 허웅과 같이 핵심 멤버들을 제외하고는 우리가 왜 나와 있는지 잘은 모르는 상황.

내부 단속이 제대로 안 돼 있긴 하다 이 말이다.

우선 이놈들을 어서 쳐 잡고 보면 될 거라고 여겼었으니 그랬다.

처음 여기로 출발을 할 때까지만 하더라도 시간이 얼마 안 걸릴 거라고 봤다.

그래서 공동 두목이나 다름없는 둘을 잡으면 될 문제라고 여겼는데 그게 아니었다.

이놈들은 생각보다 끈질겼고, 악질이었다.

＊　　　＊　　　＊

여관 하나.

예술가 마을이라지만, 예술가는 없는 헌터들만이 터를 잡고 있는 곳. 그곳에서, 가만 식사를 하던 도중 한서은이 한 마디 던진다.

"또네요."

"후! 새끼들."

내가 기운으로 기척을 느낀다면, 한서은은 그녀만의 또 다른 방법이 있는 듯했다.

나랑 비슷하게 누군가 다가오는 걸 느낄 줄을 알았다.

특히 이능력자에 관련해서는 더 잘 느꼈다.

'진짜 있군.'

인기척이 여럿 느껴진다.

사냥터가 가까워서 이능력자들의 왕래가 많기는 한 지역이라지만, 이건 너무 노골적이다.

여관을 중심으로 해서 차분히 둘러싸려는 행색이다.

이곳에 다른 이능력자들과 원한이 있는 자가 있는 게 아니라면, 분명히 우리를 노리고 있다.

"이 새끼들 이 정도면 아주 막 가자는 건데요?"

"확실히 그래요. 자기 조직원이 아닌데도 동원할 정도로…… 아예 사활을 걸었는데요? 후후."

"곱게 잡힐 것이지. 쯧."

이능력자를 무능력자로 만들어낸다는 소식을 들었으려나?

'그럴 리가 없는데.'

생각 외로 저쪽은 아주 앞뒤 안 가리고 막장으로 나서고 있었다.

이럴 때는.

"가만히 있는 거보다는 먼저 나서는 게 최고죠."

"그럼 가 볼까요?"

"흐음…… 이번에도 깔끔하게 가죠."

선수필승이다.

공격이 최선의 방어라는 말이 있듯이, 우선은 먼저 패고 보는 것이 이득이라 이 말이다.

나들이라도 나가듯이 셋 모두 걸음을 옮겼다.

*　　　*　　　*

살금살금—

이런 일에는 들키지 않고 나가는 게 최선이 아닌가.

박준우는 그동안의 경험을 살리려는 듯, 최대한 기척을 죽이고서 움직이고 있었다.

'딱 좋아.'

완전히는 아니지만 해가 거의 졌다.

식사도 할 만할 시간이고, 사람이 방심을 하기에는 딱 좋은 시간이었다. 동료들도 나름 준비를 잘하고 온 상태.

그는 자신이 고른 시간에 일이 이뤄진다는 거에 만족감

을 느끼고 있었다.

불안? 있을 리가!

그 사이 다른 놈들이 저들을 노리다가 당했다고 하는 소식을 듣기야 했다. 하지만 그거야.

'쭉정이들이 가서 노리니까 그러지. 요즘 애들은 제대로 작업을 할 줄 모른다니까.'

노리다 당한 놈들의 경험 부족으로 여겼다.

제대로 경험도 없이 이쪽 일에 뛰어들어서 역으로 당하는 거다. 그러니까 괜히 희생자만 늘어나는 거고.

자고로 사람 뒤를 치거나 암살하는 등의 불법적인 일을 저지르려면 제대로 준비를 해야 하지 않나.

고로 당한 놈들이 멍청한 거다.

박준우는 그리 생각하면서,

'흐흐. 이번 일만 끝나면 몇 달 푹 쉬어야지.'

이 일이 잘 끝나면 얻을 수 있을 어마어마한 수익. 그것으로 뭘 어찌하고 지낼지부터 벌써 고민을 하고 있을 정도였다.

덤으로.

'저놈들하고 다 나눠야 하나.'

같이 작업을 치기 위해 온 놈들.

당장은 동료지만, 돈을 얻고 나면 적이 될지도 모를 자들을 어찌 처리를 해야 할지부터 고민을 할 정도였다.

자기는 미소라고 적고 남들이 보기에는 썩소라고 하기에 충분한 표정을 지으면서 살금살금 나아가는 박준우.

그런 그의 등을.

툭툭—

누군가 치는 존재가 있었다.

하필이면 이럴 때!?

혹시 다른 조직원이 뒤를 치고 온 건가? 아니면 소식이 들어간 거? 전에 도박 빚을 지고 튄 게 문제가 됐나.

잠깐 사이 많은 생각을 하면서 동시에 또 머리를 굴린다.

'바로 찌른다.'

자기를 노리고 왔다면, 놀라는 척 역으로 다시 또 노리면 된다고 여긴 것이다!

역시 자신은 머리가 잘 돌아간다고 생각하는 박준우. 그가 놀라는 척 뒤를 보며 손에 쥐어졌던 칼을 찌르려던 그 순간!

"이노오오오옴! 억!?"

진심으로 놀랄 수밖에 없었다. 아니 아예 몸이 굳어 버릴 수밖에 없었달까!

그의 검이 그대로 잡혔다. 이능력을 썼는데도!

사람의 손에 잡혔는데, 붉은색 기운이 맺힌 손에는 무용지물인 건지, 피도 나지 않는다.

'시발.'

뭔가 일이 잘못됐다.

거기다 상대. 상대는 어딘가 낯익은 얼굴이다.

"김기환!"

이번에 작업을 치러 온 놈이 아닌가!

분명 식당 안에 있어야 할 놈이 언제 뒤를 노리고 온 거지? 입구는 열린 기억이 없는데?

그가 멍해 하는 사이 김기환이 태연한 표정으로 되려 물어 온다.

"뭘 놀라?"

"그, 그게⋯⋯."

평소 매끄럽게 돌아가던 혀가 돌아가지를 않는다.

대신 눈을 매끄럽게 돌려가면서 탈출구를 찾아보지만, 어디 하나 보이지가 않는다.

'병신들⋯⋯.'

되려 자신도 모르던 사이에 당했는지, 쓰러진 동료 놈들만 보인다.

아뿔싸 하는 사이에 다 당한 거다.

일이 잘 풀릴 거라 여겼는데, 그게 아닌 듯했다!

'도망쳐야 하는데⋯⋯.'

어떻게든 탈출구를 찾으려는데.

그의 목표였던 김기환이!

"자아, 이제 상황 파악됐으면 훅— 가야지?"

암수를 뻗쳐 왔다.

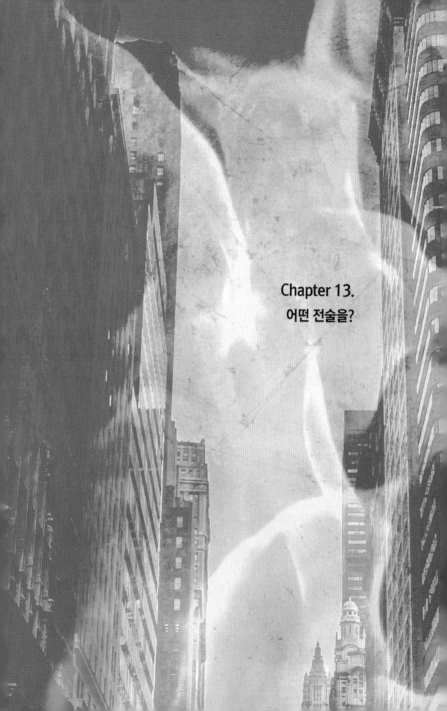

Chapter 13.
어떤 전술을?

　질질 짠다.

　앞으로 벌어질 일이 뭔지 안다는 듯이, 눈물범벅을 하고 있다.

　"으으…… 제발…… 살려줘. 살려 달라고!"

　"안 죽어. 안 죽는다니까? 이거 맞고 죽는 놈 못 봤다."

　"그게 죽는 거지! 시발! 죽는 거라고!"

　"새끼. 어디서 들은 건 있어서."

　"아악! 제바아알!"

　"질질 그만 짜라. 그러다 제일 먼저 훅 갈라."

　"……큽."

상황을 보아하니 소문이 벌써 난 건가 싶다.

사정사정하는 꼴이 아주 보기 안 좋다.

마음이 약해져서가 아니다. 다 큰 아니 흉터 가득한 남자들이 매달리려 하는 모습이 보기 좋을 리가 없잖은가.

거기다 열 명쯤 되는 남자들이 이러면 큰 부담이다.

'어째 맨날 열 명씩 걸리는 거 같아.'

이 작업을 할 때마다 어째 걸리는 건 열 명이구나 싶다.

딱 맞춘 것처럼 열 명이다. 십 명 같은 새끼들.

하기는 뒤에서 뒤치기나 준비하는 애들이 혼자 뒤치기 준비하겠나.

일인 무쌍을 찍기보다는, 일단 모여서 단체로 공격하고 보는 게 이쪽 동네 애들 습성이겠지.

혼자는 무서우니 모여서 범죄를 저지르는 거다. 그쪽이 효율도 좋고.

그러다 보니 잡고 보면 꼭 여러 명이다.

그 열 명을 전부 제대로 처리해 줘야 했다. 운이철의 말을 빌리자면.

"어차피 제대로 처리 안 하면 다른 데서 또 이런 일을 할 겁니다."

"그러겠죠? 죄다 범죄일 거고요."

"예. 뻔하죠. 그러니 어딘가의 표현을 빌리자면 회개시켜 주는 거겠죠. 후후.”

“어머. 너무 종교적인데요?”

“설마요. 회개라. 뭐 죽는다는 표현보단 낫긴 하지만, 어째 거부감이 들긴 하네요.”

다 이놈들 착한 사람 되라고 작업 들어가 주는 거다.

“그럼 바로 시작하죠.”

“오케이!”

*   *   *

운이철은 정말 바른 일을 한다 여기는 듯.

화아아아악—

바로 눈을 빛낸다. 갈수록 숙련도가 쌓이는지 분석 속도도 빨라진다.

“여기요!”

“알겠수다.”

“크흑…….”

푸우우욱—

일단 한 방!

최소 몇 년, 길어야 한 십 년 가까이 이능력이 정지되는 거뿐이다.

저들이야 완전히 죽는 거나 다름없다고 여기겠지만, 사람의 긴 생을 생각하면 그리 길지도 않다.

거기다 운이철이 잘만 조치해 주면 그 기간은 더욱 짧아질 수 있기도 하다.

물론.

'다시 치료해 줄 생각은 없지만.'

어쨌거나 열 명을 작업 들어가려면 어서 손을 써야 했다.

* * *

둘. 셋. 넷.. 다섯. 결국…… 열!

"크억!"

화끈하게 들어가는구나.

이 짓도 하다 보니 이골이 난다. 한 방에 쑤욱 들어가는 게 그리 어렵지도, 저항감이 느껴지지도 않는다.

어디냐고? 말해서 뭣하나. 상상하라!

* * *

열 번째 이능력자를 마무리하는 것으로 끝.

그 사이 운이철이 심문을 해서 정보를 얻은 건 당연했다.

이미 초상집 분위기가 된 지 오래인 데다가, 이런 일 하는 놈이 어디 의리가 있겠는가.

"더, 더 괴롭히지만 말아 주시죠!"

"크흑…… 망했어. 망했다고! 내 모옴!"

고문이고 뭐고 할 것도 없이, 적당히 위협을 하는 걸로도 저들은 술술 불었다.

정말로 괴롭힌 것도 없는데 누가 보면 꽤 괴롭힌 걸로 보일 정도다.

"어디 가서 이런 짓 또 하지 말고. 아니 이제는 못 하려나."

"젠장! 시벌……."

"욕은 하지 말고."

퍼억—

마지막까지 회개(?)하지 못한 놈의 등짝에 한 방 놔준다.

"큿……."

고통스러워서 발악하는 게 묘하게 불쌍하기는 하지만 그뿐.

이쪽 뒤치기나 하자고 노리는 놈들에게는 죽이지 않은 것만으로도 최선의 자비를 보인 것이다.

*   *   *

다시 돌아온 객실.

다른 곳으로 옮기고 싶지만, 여기서 숙박 시설이라고 해 봐야 거기서 거기다.

방어를 생각하면 차라리 지금은 익숙한 게 나았다.

적어도 하나 안전한 건 여기 숙박 주인은, 저쪽 세계에 협조를 안 한 거 같다는 느낌?

막말로 무협 소설에 나오는 것처럼, 먹을 거에 독이라도 탔다고 하면 골로 갔을지도 모른다.

'나야 뭐 기운으로 태우면 되지만…….'

운이철은 애매할지도 몰랐다.

뭐, 그러면 독도 분석해 내서 걸러낼 거 같기는 하지만은 사람 일이란 게 혹시 또 모르는 거 아닌가.

"헤헤, 왜요?"

"아닙니다."

한서은?

그녀야 겉으로 봐서는 참 아리따운 여인이다. 메이드라 는 훌륭한 덕질을 제외해도 그 자체로 빛나는 여자다.

그런 여린 모습과는 다르게 대체 스승에게 어떻게 자란 건지는 몰라도 이런 일에는 굉장히 빠삭하다!

근거? 경험이 말해주는 일이다.

전에 길드를 위해서 여러 일을 시킬 때만 해도 불안했었다.

그래도 스승의 귀한 딸인데, 내가 일 시켰다가 문제라도 생기면 그 뒷감당이 두려워서였다.

헌데 그녀는 그런 불안이 전혀 쓸데가 없을 만큼 잘해 줬다.

어려운 일도, 위험한 것도, 조금 음습할 수 있는 것도 전부 다!

이제 와서는 이런 일에 관해서는 그녀에게 맡기는 게 가장 현명하다고 생각이 들 정도다.

그러니 독 정도는 그냥 처리할 수 있을 거다.

어쨌거나 생각을 해 놓고 보니, 고작 셋이지만 면면이 화려하기는 했다.

그리고 그 셋이서 앞으로의 방향을 결정을 해야 할 때였다.

일종의 작전타임이라 이 말이다.

*   *   *

운이철이 가장 먼저 운을 띄운다.

"이걸로 확실해졌네요. 저들이 건 현상금요."

"그거야 이미 알지 않았어요? 생각보다 이쪽은 돈이 많다니까요."

"쓸데없이 많이 걸었지."

"적정가일지도 모르죠."

"흠…… 그런가."

우리 세 명의 목에 걸린 돈이 지금 현재 30억.

'한 사람당 10억인 거지.'

그래도 총합 30억이라니!

어지간한 건물 한 채값 아닌가. 상상도 안 되는 금액이다.

그래도 이능력자 셋을 처리한다고 한다면, 그것도 길드의 중심이 되는 자들을 처리하는 비용이니 어찌 보면 싸기도 하다.

그만큼 내 몸값이 오른 걸지도 몰랐다.

어쨌거나, 저쪽은 현상금도 걸고 꽤 본격적으로 나온다.

덕분에 하루도 거르지 않고 오늘 같은 놈들이 달려들곤 한다.

돈에 목숨 걸고, 돈에 범죄도 저지르는 부나방 같은 놈들이다.

'그래도 꼴에 이능력자기도 하고.'

아직까지는 별거 없는 놈들이 오긴 한다.

그래도 언제고 이게 계속되다 보면 더 강한 놈들이 올 수
도 있는 일이었다.

"술래잡기를 한다고 시작했는데, 어째 장애물이 많네요.
그쪽이 재밌긴 하지만요."

어째 한서은 쪽은 이런 일을 즐기고 있는 거 같긴 하지만
나는 사양이다.

운이철도 성격상 이런 일은 사양인 듯 나와 같은 표정을
지었다.

"흠. 그럼 장애물을 일단 없애려면 어째야 할까요?"

"방법은 둘이죠. 장애물을 싸그리 태워버리거나. 장애물
을 피해 지름길로 가든가요."

"둘이라……."

장애물을 싸그리 태우는 건 역시 불나방들을 태우는 쪽
이겠지.

이쪽이 피곤하기는 하지만 성미에 맞긴 하다.

복잡하게 머리 쓰는 거보다는 아무래도 치고받고 부수는
게 취향에 맞았다. 문제는.

'얼마나 많은 부나방이 있을지 모른다는 거겠지.'

아까 말했잖나.

한사람당 10억씩 총 30억의 현상금이 걸렸다고. 그게 현
재 현상금이다.

처음에는 5억씩이었다.

저쪽도 상황 봐가면서 가격을 올리는 건지, 처음부터 크게 부르진 않았다.

이걸 달리 해석하면 나중에 가면 한 사람당 30억도 될 수 있다는 소리다.

내 몸값을 너무 크게 부르는 거 같다고?

그럴 리가!

합법적으로 헌터 일을 해도 30억은 벌 수 있다.

공격대만 잘 꾸리고 몇 년 하면 장비값 빼고 가능할지도 몰랐다.

'대신 목숨 좀 걸어야겠지.'

합법적으로 가능한데 불법적으로 그게 안 될까?

사람이 불법적인 일을 하는 건, 때로 합법일 때보다 더 많이 얻을 수 있어서다.

특히 돈!

두당 30억쯤은 거의 길드 수준으로 조직을 꾸렸던 하성이라면 충분히 가능한 금액이라 이 말이다.

지금이야 10억짜리 사냥꾼들이 오지만, 30억 되면 30억짜리 몸값 가진 놈들이 오겠지.

'일대일로 질 거라곤 생각 않지만……'

시간이 지나 돈에 홀린 부나방이 많아지면 그건 그거대

로 문제다.

진짜 수도권에 있는 어지간한 놈들은 다 부수고 시작해야 할지도 몰랐다.

일이 커진다. 그때는 세 명이 아니라 길드 단위로 나서야 할 거다.

희생도 생길 거다. 특히 시간을 끌수록 희생도 크겠지.

남은 건 두 번째 방법. 장애물 피하기.

피하기라고 말했지만, 달려드는 부나방들이나 피하자는 소리다.

놈들이 더 달려들기 전에 어떤 식으로 정보를 얻든, 하성의 두목 놈들의 위치를 알아내서 우선 치고 보자는 소리다.

그렇다고 슬쩍 장애물을 피해 가자니.

'두 번째도 걸리는 게 많아.'

덤벼드는 놈 피해 가는 게 성미에 안 차는 거야 일단 넘어간다고 치더라도.

"이런 놈들은 한번 약한 모습 보이면 더 집요하지 않아요?"

"그건 그렇죠. 아마 또 건들지도 모릅니다."

"흐음……."

저쪽에 약한 모습을 보이는 것일 수도 있다.

하성을 죽인다고 하더라도, 제대로 본보기를 보이면서

쳐 잡아야 한다.

이쪽 생리가 그렇다 보니, 어중간하게 오는 놈들 피해가면서 하성을 처리해 봐야.

'헹 거기야 하성이 병신이라 그런 거지. 이쪽은 다르지.'

'제대로 한탕 해 볼까? 몸값도 올랐다던데.'

하성하고 비슷한 다른 놈들이 우리를 노리고 올지도 몰랐다.

이런 일은 속전속결로 처리를 하면서, 건드리면 아주 작은 하마 건드리듯 주옥 된다는 걸 알게 해줘야 했다.

한 번에 두 가지를 다 해내야 한다는 소리다.

운이철도 나와 비슷한 생각을 한 걸까.

"그러니 아예 판을 뒤엎어 보죠."

"어머?"

"엥? 그건 또 뭔 소리랍니까."

어쩐지 운이철의 눈이 음험하게 빛난다.

〈다음 권에 계속〉

ORIGINAL FANTASY STORY & ADVENTURE

태선 판타지 장편소설

신수의 주인

매력적인 세계관을 가진 작가 태선의
『여신 시리즈』마지막을 장식할 또 하나의 유니크한 소설

과연 그녀는 '파혼검'을 만들어 내기에서 승리하고
그녀가 원하는 삶을 쟁취할 수 있을 것인가?

dream
books
드림북스

하라칸

쥬논 판타지 장편소설

핏빛 판타지의 연금술사, 쥬논.
그가 펼치는 공포와 선혈의 환상 세계!

『흡혈왕 바하문트』, 『샤피로』를 잇는 그 세 번째 이야기.
검푸른 마해(魔海)의 세계에 그대를 초대합니다.

dream★
books
드림북스